Idyll

Chand Svare Ghei

Idyll

Chand Svare Ghei

Bok 4

Førsteutgave © 2013 Chand Svare Ghei

Grafisk design:
Chand Svare Ghei

Coverbilde:
Sonata Jaseliunaite

Illustrasjoner:
Lina Lindhjem

Distribusjon:
www.chasvag.com

Utgitt på eget forlag

www.chasvag.com – e-post: don_chand@chasvag.com

ISBN 978-82-998681-6-7 (trykt)
ISBN 978-82-998681-7-4 (e-bok)

idyll (ɪˈdyl)

substantiv

1. fredelig og harmonisk tilstand

2. fredelig og svært vakkert sted

Spesiell takk til:
Jan Håvard Bleka for å rette feilene mine.
Marie Bunes for det fine forordet samt tips og råd.
Sonata Jaseliunaite for coverbilde.
Lina Lindhjem for illustrasjoner.
Kari Hansen Mortenstuen for innspill og råd.

Takk til:
Bjørn, Øygunn, Erik, Helge, Isabella, Ixchell, Fabian, Eirik, Vivi, Øystein, Jarle, Jon Eivind, Bjørn, Gunn Marit, Cato, Stephan, Sara, Kari, Francesco, Tomasso, Øystein, Kristian, Henning, Jack, Jens, Renate, Morten, Birger, Melina, Henning, Tone, Rosel, Magnus, Mikjel, Kim, Elin, Rolf Magne, Raol, Kai, Heidrun, Steinar, Harald, Karianne, Klaus, Linda, Warry, Finn Bjørnar, Jose, Vidar, Sarah, Agnieszka, Iselin, Victoria, Chuck, Wenche, Susanne, Klaus, Draco, Josh, Astrid, Marius, Kian, Deepak, Gunnar, Tove Maria, Live, Marie, Rita, Hanne Cathrine, Kari, Kitt og Eva.

Og den person som fikk meg til å innse at jeg selv måtte ta tak i selve livet for å virkeliggjøre mine drømmer. Denne boken er et produkt av mine livsdrømmer.

Forord

Å lese Chands siste bok var som en vandring gjennom sinnets irrganger. Indre engler og demoner kjemper om å forlenge sitt vesen ut til de famlende fingertuppene som tilhører det blinde og forvirrede menneske som skal finne sin vei langs disse irrgangene. Man må føle seg frem. Og akk, så vanskelig, for hvordan skal man føle seg frem? Den evig smertelige og sanselig nytelsesfulle knivseggen mellom ravende egosentrisk galskap og måteholden fornuft; mellom kjødets rivende lyst og hjertets bunnløse lengsel etter Gjenforening; mellom det mørkeste i oss og det hvite lyset vi alle er en del av; mellom Dyrets instinkt og Sjelens intuisjon; mellom løgn og sannhet, mellom fantasi og virkelighet. Og et sted imellom ligger de gjennomskinnelige veggene som skiller dem fra hverandre, som den tynne hinna over havoverflaten skiller den fra luften rundt. Hvor faen er brukerguiden for denne labyrinten av et menneskesinn!

På hver sin måte må alle karakterene i boka føle seg frem gjennom sine egne sinnslabyrinter. Omstendighetene og deres ytre reise, som i denne boka utspiller seg gjennom en mordgåte på et eksentrisk og kunstnerisk øysamfunn som ligger isolert fra fastlandet, blir en refleksjon av deres indre famling. De presses inn i situasjoner som konfronterer dem med hverandre – og seg selv. Karakterene stilles til veggs mot seg selv, sine valg, sin utilstrekkelighet og sin styrke. De må føle seg frem. Chand åpner sinnene deres på vidt gap, og lar oss lesere få innsyn i deres tanker og livshistorier, deres engler og demoner, og kampene som utspiller seg under huden samtidig som de må forholde seg til en ukjent morder som kan være hvem som helst på den isolerte øya.

11

Kanskje Chand har klart dette fordi han selv har vandret langs mange av disse irrgangene? Fordi han selv har gått mange veier som topp-ansatt i NATO, som Reiki-healer og forfatter, og disse veiene har gitt innblikk i ulike dimensjoner av dette skjulte mysteriet vi kaller livet og menneskesinnet. En hard virkelighet som preges av strategi og konflikthåndtering møter den uforklarlige kraft vi kaller «healing» i Chands sinn. To tilsynelatende paradoksale virkeligheter er del av hans liv. Det er kanskje en av grunnene til at Chand kan ikke settes i bås, og jeg har aldri helt forstått meg på ham. Det er vel derfor han er en av mine mest spennende venner; han utfordrer min virkelighetsforståelse. Den verdensberømte filmskaperen Tim Burton skal visstnok ha sagt «Et menneskes galskap er et annet menneskes virkelighet». Gjennom karakterene i «Idyll» får man stå på både virkelighetens og galskapes side. Det blir opp til leseren selv å vurdere hva som er hva.

Marie Bunes
Reine/Lillehammer. August 2013

Det er mye som kan skje i ei
hytte når skjebnen får slippe til.

Del A

Birger

«Du blir ikke skikkelig mann før du har slått Morgan Kane.»

Det hadde falt en truende stillhet over rommet, som om noen eller noe hadde galant myrdet bakgrunnsstøyen, og lemnet et vakumteppe – totalt fravær av lyd. Urovekkende, vibrerende og skremmende. En trykkende stank fløt i luften. På gulvet lå et vesen, et menneske – stille; hun var død.

Birger ville gjerne vise seg frem, imponere, få oppmerksomhet. Han hadde hele sitt liv vært den heldige innehaver av et innebygd problem med å kommunisere med det andre kjønn. Det faktum at han dermed kvalifiserte som medlem i en meget ikke-eksklusiv klubb hjalp mindre. Plutselig, som ut av eske, satt han der med to nydelige, sexy, blonde piker i baksetet; tvillinger. Umulig å si hvem som var hvem. Trykk-kjertlene i hendene hans oste av klam væske, kroppen svettet.

Det var som alt han gjorde, alt han sa, endte opp som bestanddeler av grøt, brygget av materialet Teit. Tvillingene minnet alarmerende på halvvoksne versjoner av jentene fra filmen Ondskapens hotell, demonisk tiltrekkende; med døden til følge, om man ikke kjenner en liten finger som går under navnet Tommy. Om han bare kunne roe seg ned, spille cool, få trumfkortene på plass, og få jentene til å bli interessert i *ham*.

Til høyre for ham satt Kenneth, som selvfølgelig var mer interessert i å rekke toget. I den ene vognen satt Karianne, ventet på ham.

- Heng i, Birger! Det er bare fem minutter til toget kommer, vi vil da ikke komme for sent.

17

Av en eller annen grunn kunne ikke Birger forstå sin beste venn, irriterte seg nærmest. Hans innerste ønske ble nå drevet av en liten diktator som sprengte seg nede i buksene; lysten til å dele baksetet alene med de to søstrene, helst uten klær.

Girspaken var vanskelig å få med seg og han skrapet nærmest konstant i girkassa. Bilen hvinte mellom svingene. Han konsentrerte seg på sitt beste for å få bilen til å sige, sveve, ikke som i halvtravel bytrafikk, men som i et rally, et race der premien var enorm.

Endelig, dekkene fikk brutalt nærkontakt med kanten av fortauet utenfor jernbanestasjonen, ikke et sekund for tidlig. Karianne steg ut av utgangen. Perfekt timing. Hun smilte da hun så guttene.

- Har dere ventet lenge?

- Ah, bare fem minutter, løy Birger litt smånonchalant og stressa.

Alle hilste på alle. Karianne satte seg i baksetet, til Birgers fortvilelse, midt imellom tvillingene. Det var som om idyllen, selve magien, ble knust til tørre brødsmuler. Han bet tennene sammen og prøvde å roe ned tankene som sprang ut fra elfenbenet nedentil. *Hva han hadde lyst til og hvorfor?* Han brukte prat i et uvisst eksperiment for å roe seg ned:

- Vi har om mulig enda dårligere tid enn til togstasjonen da ferja går om 15 minutter og estimert kjøretid er ca. 25 minutter. Ferjen går bare en gang i uken så det må briste eller bære …

Han ble avbrutt av de to jentene som fniste i baksetet. Hun til høyre utbrøt «Hva skjer om det brister?» Birger kjente seg knusktørr i munnvikene, bannet inni seg. Han ønsket jo å komme på godfot med jentene, men dette gikk generelt i feil retning. Kenneth brøt inn som en uventet, men deilig reddende engel:

- Vi har planlagt denne turen i et år, det ville være den største synd om vi ikke rakk ferja. Kjør på, Birger, vi har troa på deg!
- Tuuuut og kjør!

Stolt brakk han i håndbremsen og hvinte rundt. Det var kanskje en radiobil han satt i? Tråkket ned gassen og suste av gårde. Når Birger først satte i gang, gikk det unna, til gjengjeld ble han en ytterst stor risiko for de andre i trafikk-bildet, kjørende, syklende så vel som spaserende og barnevogner haglet unna: for nå var det Birger som hadde pri.

Det strides ennå om det var en lang samling av lykketreff eller kumuleringen av

Birgers kjøreegenskaper som var avgjørende årsak til at de ankom havna i det øyeblikk båten skulle ta i fra. Støtende, høye tut fra Escort-en som fikk ferja til å stoppe opp, ta en avgjørelse og gjøre plass til de siste passasjerene.

Birger var strålende glad, nå hadde han fått vist seg fram. Men tvillingene bare hveste til ham idet de steg ut, kalte ham navn: galning og villmann.

- Men vi kom fram i tide.

- Det er nå bare flaks at vi er i vel behold, da.

Birger var proppet til randen av adrenalin og lot seg ikke stoppe, bare klasket seg på lårbenene og utropte: «Jenter, dere har nettopp vært vitner til The Birger Effect.»

Han var på en fin glid, visste Birger, fordi de neste to timene – omringet av hav – ville han bruke til sin fordel med det mål å komme seg i seng med en eller begge av de deilige ungjentene.

Ferja var tydelig slitt, gammel, hadde sett sine beste år suse forbi. Den var en kvalitetskonstruksjon av et klenodium, en dinosaur, som fortsatt ville vade standhaftig, klare brasene, utføre overfarten i mange år til.

Det rare mylderet, som oppstår av sammensuriet av merkelig mange mennesker, summet hellig over det hele. Birger befant seg plutselig helt alene uten sine venner. Hvor var de blitt av? Han likte ikke følelsen av å ikke vite, være omgitt av fremmede. Uvel, og noe forlegen, ensom, framsto han som en taper uten venner.

De fremmede skulte mot ham, fylte hodene sine med nedverdigende tanker om ham. Hva gjorde han der alene? Var han en slik «loser» eller «lamer»? Birger holdt ikke ut, sprengtes av utålmodighet og startet febrilsk jakten etter Kenneth og de gode hjelperne.

Grunnet sitt selvpåførte, unødige stress klarte han ikke å tenke klart og letingen utvilket seg til en ukontrollert gange mellom for- og bakpartiet, hvorav han stoppet lett opp i kantina hver gang og kikket sultent på kakedisken. En Jokke-strofe surret inne i hodet hans: «… bake eget brød …».

Det måtte gå som det gikk, rett i en medpassasjer. Hardt, vondt og rett i gulvet deiset de begge. Det var en yngre kar som breiet seg ut kalte ham kaldt en dust og presenterte seg som Per, Per Vo; lo ham like opp i trynet som om noe morsomt hadde skjedd. Birger skjønte ikke vitsen engang, ble brydd, spesielt siden Per sin ledsager, også en gutt i samme alder, lo med.

Birger unnskyldte seg fort og kom seg uforvarende fort vekk, men hvor var vekk?

Pervo så på Porno og begge lurte litt på hva som gikk av den merkverdige taperen. Men fokuset deres skiftet fort og de var plutselig opptatt av noe annet, et par gigantiske pupper, overstell som duvet, på ei jente lenger framme. Det var ikke tvil, det var hun med de store jura. Det var genuin overraskelse hos begge to, de var for øyeblikket edruelig redde for å gå bort og hilse.

Birger kastet seg ut, ut for å frisk luft. Pesende og pustende, uten noen egentlig grunn til å være sliten, fikk han øye på noe kjærkomment, lyst hår som blåste i vinden. Det var de to nydelige jentene. Nå var det bare å roe seg helt ned for så å spille kortene riktig – som et Texas Hold´em.

Ikke tid til å roe seg ned; i løpet av et kort øyeblikk hadde han presset seg mellom dem og startet på sin sjarmoffensiv uten peiling på utførselen så stemmen haltet og ordene sprøytet ut:

«Øya vi skal til var en relativt ubebodd, øde øy. Den pleide å være langt unna allfarvei og mange skremmende historier boblet opp om stedet: spøkelser og andre onde fenomener. Det fantes noen beboere av den gamle garden som plent nektet å flytte på seg samt en del lykkejegere som fikk seg en rolig og idyllisk ferie, hver sommer. Toppen av smörgåstårtan var spøkelsesjegerne og de i lignende ærend på jakt etter det overnaturlige.

Alt det gamle, det trygge, ble snudd opp ned da paret Rudisag kjøpte opp 80 prosent av tomtene og bebyggelsen der. De renoverte og startet et langtidspensjonat for kunstnere, musikere, malere, poeter, forfattere, filmskuespillere og lignede pikkpakk. Det forårsaket en eksponentiell økning av øytrafikken. Det ble innført et regime med begrensede besøkstider og det var kun i noen måneder om sommeren at man hadde såkalt fri besøkstid.

Akkurat som oss, likevel får vi ikke full tilgang til pensjonatet. Vi må finne oss i å bli bosatt i et eget separat bokompleks, men kommer til å få utlevert begrensede pass for adgang i selve pensjonatområdet. På tross av dette så kan du se at øya den dag i dag, tiltrekker seg mange gjester av alle slag …»

«… du Birger? Det var Birger du het?»

I vindens harde kast var det umulig for ham skjelne hvem av dem som snakket, det virket som tvillingenes stemmer var synkront som en stemme.

«Ja.»

«… Birger, jeg heter Lotta og min søster heter Lotte. Det er totalt uinteressant at du forteller oss noe vi allerede vet. Kan du ikke heller snakke om noen temaer som er interessante, for eksempel tid?»

Usikkerheten, tvilrådigheten vokste, køddet de med ham? Lotte og Lotta? Ingen kunne vel med seriøsitet i blikket hete det?

«Tid?»

«Ja, for eksempel på hvordan tiden egentlig fungerer. Det er jo en gjengs oppfatning hos mange at tiden går fra punkt A til punkt B, like slavisk som en klokke hvis oppgave er å måle tiden, at alt i universet er årsak og virkning, men det finnes også andre oppfattelser; for eksempel at punkt B, altså hendelser i framtiden er det som tiltrekker at ting skjer i punkt A, altså i nutiden eller fortiden. Skjønner du?»

Det ble kraftig kost for Birger, han hadde håpet på å brife til med faktakunnskaper som han hadde lest seg til i et blad. Kanskje imponere nok til at han kunne få seg litt. Men dette? Hva kunne vel han om dette? Skjønte han egentlig i det hele tatt hva de snakket om? Han måtte ro, se om han kunne få samtalen over i tryggere omgivelser.

«Hm, ja seff, jenter, men fortsett.»

«Men det er naturlig å forstå tiden som en meget mer kompleks mekanisme enn dette, man må tenke på tiden som mer enn en endimensjonal, rett linje mellom punkt A og punkt B, heller som en flerdimensjonal og flerfrekvensiell funksjon som kan springe i alle retninger og som henger sammen med generelle regler for det tredimensjonale rom. Tror du på tidsmaskiner?»

«Eh, seriøst, lissom, om det er mulig?»

«Kroppen er nemlig ikke bare sjelens tempel men også en meget sofistikert tidsmaskin som navigerer i flerdimensjonaliteten og uendeligheten som finnes og begrenser tid og rom, ned til så nidtid detalj at vår forståelse for enkle X-Y-Z-begreper blir herav justert av vår egen tidsmaskin til en enkel og simpel linje, fra punkt A til punkt B.

Den vanskelige kunsten av å befinne seg i tidsmaskinen, kroppen, er å fatte den virkelige tid. Det nærmeste vi kan komme, er å forstå at tiden fungerer på et mye videre spektrum en det vi oppfatter.»

Han kunne ane en merkelig aksent i målet deres, litt grumsete, av og til var ordene grøtete, litt sørlandsk, eller var det en hint av dansk?

Birger var lost, han mistet taket på det jentene sa, men konsentrerte seg bare på ømheten i stemmene og så dem for seg, nakne sammen med ham. Han drømte seg bort.

Kenneth kom løpende på dekket og rev ham ut og vekk fra drømmen. Han var sint, sur og tverr. Forklarte at Karianne hadde stilt ultimatum om at han måtte slutte å røyke ellers så var det slutt.

«Hva faen, hvorfor skulle hun gjøre det nå, lissom, nå som vi skulle på romantisk ferie? På ferie skal man jo bare slappe av, feste og pule som ville dyr. Men nå må jeg enten stumpe røyken, faen òg, eller runke som en ensom ulv. Faen!»

Birger sa ingenting, men tenkte fort, inni seg, at runke er jo ikke så ille, han hadde jo vært singel i mange år og hadde perfeksjonert stilen.

Kenneth reiv opp Rød Mix-pakka i raseri og kastet den mot havet mens han mumlet «Damer, jeg forstår meg ikke på damer.»

Birger svarte raskt, han visste ikke helt hvor han dro ordene fra: «Problemet er at du prøver å vurdere henne som en likeverdig.» *Ikke som likeverdig, hun er jo mye bedre enn det jeg er*, tenkte Kenneth før Birger fortsatte, «Men du burde heller tenke på henne som et barn, det er nemlig det jenter er, små barn, de er totalt ulogiske, de forandrer mening hele tiden, hva enn de holder konsentrasjonen på akkurat nå er mer viktig enn alt annet i hele verden, men du kan lett styre dem i riktig retning, bare du forstår at de må lokkes, som et lite barn.»

Akkurat som du vet hva du snakker om, du er jo ikke akkurat berømt for å dra damer, men kanskje du er inne på noe.

Da ferja la til og menneskene skulle bevege tilbake til bilene oppstod et stort leven, ut av en sidedør hadde det falt ut en del saker, blant annet dødt, stivt lik.

Hvitt, kaldt, med en heller ekkel eim av forferdelighet, død. Det var en kvinne.

«Når man vandrer rundt i fortiden, minner det om å leve i

dryppene av konstant deja vu. Men den nådeløse sannhet

er at uansett hvor mye du forsøker, lever du alltid i nuet.»

Tilbake her, etter alle disse år. Peloponnese, hva forventet hun egentlig å finne her? Hva var det som hadde drevet henne tilbake hit? Hun ble med irriterende klarhet, ubønnhørlig fylt av en unevnelig følelse av at det hun egentlig lette etter, kom hun ikke til å finne. Ikke her, kanskje aldri. Fortiden, minnene som fantes, var nettopp bare det, deilige minner, akkurat som prinsessesalaten, rødbetsalat som hennes mor hadde lurt henne til å spise under dekke av at det var rosa prinsessesalat, hvor skuffet hun hadde blitt i eldre alder når hun hadde forstått sannheten – i årevis hadde hun gaflet det i seg, selv om hun ikke likte det. Joda, med tid og stunder hadde hun vel fått en forkjærlighet for det, om hun fikk barn – hun håpet jo det – ville hun benytte det samme trikset igjen?

Mens hun trasket der, tenkte hun at siden hun hadde planlagt å være der en uke, kunne hun like så gjerne prøve å finne en måte å nyte tiden på, prøve å leke ekte turist, kanskje? Hun syntes å huske at det var appelsiner overalt, men til nå hadde hun ikke sett et eneste appelsintre. Eksisterte de bare i fantasien til et lite barn? Hva med alt det andre, hva var virkelig og hva var fantasi? Hun visste ikke, vissheten om uvitenheten gnaget som en bever på selvfølelsen.

Noe gammelt strøk over henne som en vind av annamme, som en

25

gammel ukjent, noe uklart om det var venn eller fiende. Hun så seg om, nølende, men ble fort snudd om til en hungrig ørn. Det var noe kjent her? Jo, selv om alt virket annerledes, kjente hun igjen disse konturene, dette var hjemlige trakter. Dette var veien opp til huset. Herregud, sånn som det hadde endret seg. Alt var så merkelig lite, som fanget i en Barbie-tilværelse. Hun trasket oppover og oppover. Veien var lang, lengre enn lang. Hun ble andpusten. Tenkte på å ta seg en hvil, men skuet noe, oransje, en appelsin, to appelsiner, mange appelsiner. Og endelig et appelsintre, det samme som hun hadde lekt i som liten sammen med ham, hun løp bort, plukket ned en frukt, en appelsin, en sol, og rev den vilt i biter og stappet bitene i kjeften.

Hun kvakk til. Ut av krattet på siden kom en gammel mann, dekket av en heldekkende, gysegrønn frakk med hette, så man kunne på ingen måte skimte skikkelig hvem mannen var. Men hun visste det så vel: en trollmann. Den korte gleden av å stappe i seg solbiter ble byttet ut med pulserende frykt.

- Hva vil du?
- Jeg er med deg. Du er med oss. Vi er med dere. Alle sjeler er med solen. Det finnes kun et lys.

Del B

Hun med de digre puppene

«Rolig nå, et fremskritt ad gangen.»

Den døde kvinnen hadde stirret, med tomt og glassent blikk, anklagende på forsamlingen. Det var en uke til ferjen, det eneste bindeleddet til sivilisasjonen, skulle returnere. Ingen myndigheter, intet politi og ingen dekning på mobiltelefonene. Et søk om noen var i besittelse av amatørradio var uten hell. En uke hadde de, strandet, ensomme, for seg selv på å finne ut av gåten, mysteriet om at en morder gikk løs blant dem og ingen visste hvem.

Randi het hun som vennegjengen Porno og Pervo likte å kalle «Madonna med de store jura». Hun stod på avstand og betraktet yret rundt den drepte. Sensitivt følte hun det som en kald klo inne i seg. Hun hadde hatt nerver for å komme til øya, men hun hadde på ingen måte forventet dette. Ren ondskap i aksjon. Skulle hun ikke få lov til å finne trygghet her? Kroppen begynte å småriste, men hun enset det ikke. Bare sugde med seg omstendighetene.

Kenneth var mer enn oppgitt, han var i harnisk. Karianne hadde valgt feil uke å få ham til å bekjempe røyksuget. Her var de fanget på en «øde» øy og ingen ordensmennesker fantes. Debatten foregikk heftig inne i ham. Dagliglivet i den politiorganisasjonen som oftest gikk under navnet Ramlösa, den organisasjon som han og Birger hadde blitt tvunget inn i, var noe helt annet enn å leke Sheriff på en øde øy, der dreide det seg om å gå under de vanlige regelverk og motvirke terrorisme og organisert kriminalitet. Her var det snakk om et grusomt, men på mange måter simpelt mord. Skulle han ta ansvar, stå fram som lovens representant, eller skulle han bare late som ingenting, gi faen, og heller prøve å nyte ferien? Helvete heller, ferien var spolert uansett og disse menneskene ville trenge noe, noen å klamre seg til for å skape trygghet. Uten den ville en uhemmet heksejakt på hverandre utarte seg og selv på så lite som sju dager kunne det resultere i mer uhumskheter enn man kunne ane.

Kenneth veivet med seg Birger og sammen tok de kontroll over situasjonen. De sendte meldebud til familien Rudisag for å få samlet nøkkelpersonene derfra. Kenneth trådte opp på et provisorisk podium og preket til forsamlingen. Gjorde det klart at han og Birger tok over etterforskingen, at de var offisielt lovens lange arm. (Noe som nødvendigvis ikke falt i god jord for Rudisag-paret.) Samtlige skulle redegjøres for, intervjues og undersøkes, inkludert båtmannskapet. Åstedet skulle ringes rundt, sperres av, og de skulle forsøke å rekonstruere hendelsene.

Det viktigste som Kenneth fikk lirt ut av seg, var at det ikke fantes grunn til panikk. Selv om man ikke hadde noen anelse om hvem som var den skyldige, fantes det ingen skjellig grunn til redsel. Det fantes ingen logiske tegn på at den skyldige hadde tenkt til å slå til igjen, ja faktisk var det sånn at man hadde ikke engang stadfestet at det var mord, eller om det fantes noe motiv.

Massekontroll – det hjalp noe, menneskene roet seg ørlite ned. De følte seg tryggere med at noen representanter fra lov og orden var til stede og tok seg av grovarbeidet. Så kunne bermen, den grå massen av mennesker uroe seg i sene stunder og snakke bak ryggen på hverandre, som venner av kveldskyggene – akkurat som vanlig.

Randi hilste høflig på Joachim og Frøydis Rudisag, i motsetning til de andre turistene som bare var der på ferie og kunne bare drømme om en guidet tur, eller kveldsinvitasjoner, skulle hun bo på selve pensjonatet. På det berømte gjestgiveriet hvor bare de som ble godkjent av Rudisag-paret fikk lov til å bosette seg. Hvor det fantes årelange køer for å bo og jobbe. Hun var ikke engang noen form for kunstner eller kokk, eller i besittelse av andre kvaliteter som hun kunne bidra med på pensjonatet. På tross av dette hadde hun blitt godtatt overraskende fort; Aslak måtte ha stor innflytelse på denne plassen.

Hun fulgte med paret inn igjennom hovedporten. Den var verken diger eller prangende, men det var likevel noe med den… Noe majestetisk. Hun blikket over den noen ganger. Pensjonatet var innhegnet av et tregjerde, laget på tradisjonelt vis med hele stokker i passe størrelse. Den bueformede portalen som de passerte, stod standhaftig og stolt av tømmervirke. Utsmykkingene og utringingene var en miks av forskjellige kulturer over hele kloden, hvorav flere utdødde. De forskjellige stilene blandet seg i hverandre med en underlig kaotisk harmoni.

Randi fant det hele genialt. Hun hadde fortsatt ingen anelse om hvilke storheter og overraskelser som ventet.

Hun tenkte på guttene som kalte seg Porno og Pervo. Hun følte det var så lenge siden hun hadde sett dem at hun hadde helt glemt dem og sprellene deres. I de tider hadde hun vært mye ute på byen og P og P hadde sjekket henne opp hver eneste gang de så henne – uten hell. Noen ganger spydig og hånete, flere ganger ganske desperat, men de fleste gangene hadde de tilbedt de store, duvende brystene hennes.

Hun måtte innrømme, litt flaut for seg selv, at flere ganger hadde hun vært fristet til å bli med dem på en omgang vill og hemningsløs sex. Ja, hun hadde takket ja ved enkelte tilfeller, men det hadde aldri blitt noe av, enten hadde hun blitt edru nok til å endre mening, eller så hadde gutta vært så stinne av alkohyler og faenskap at de vaste sjansen bort i tull.

Innerst inne var hun glad for det, men på den annen side var hun litt nysgjerrig på hvordan det ville vært. *Hun trengte det ikke lenger, nå som hun skulle treffe Aslak, eller?*

Det hele hadde utviklet seg som en merkelig drøm i våken tilstand. Hun hadde fått seg sitt første internettabonnement der hjemme, bare av den grunn av at det var så mye oppstyr om det i mediene.

Hun hadde sittet foran den heller stygge boksen som surret og egentlig ikke visst hva hun skulle med den. (Mente man virkelig at hun skulle ha en slik diger kasse og skjerm stående, susende hjemme hos seg?) En ekskjæreste hadde kommet innom og hjulpet henne uten at det gjorde noe videre for henne. E-posttilgang hadde hun fått, men hvem i huleste skulle *hun* sende e-post til?

Spørsmålene hun hadde hatt inne i seg, som hun spyttet ut i hytt og pine, hadde til slutt irritert gutten såpass at han rømte banen. Der satt hun med sin internettleser og e-postprogram og forstod like lite som før.

Planen hennes var å kaste ut rakkelet.

Da tikket det inn et elektronisk brev i ekte «You've got mail»-stil og hun lette målløst etter hvordan man åpnet det – det var jo bilde av en konvolutt, men man kunne ikke ta på den som en fysisk ting. Elektronbrevet var fra en som het Aslak. Hun kjente ham ikke, hun ble tvilsom, hvorfor sendte han et brev til henne?

Alarmklokkene var ikke riktig stilt inn og nysgjerrigheten tok overhånd. Hun

31

ville finne ut mer, finne ut alt. Hun ville sende sin første e-post. Det var en blandet følelse inkludert fryd, hun kastet seg over tastaturet og skrev noen ord. Hun hadde jo skrevet mange (snegle)brev og postkort i sin tid, men det var annerledes nå; nytt, det er en første gang for alt.

En time senere var noen linjer med tekst som hun ubesluttsom klikket av sted med «send»-knappen. Stoltheten fylte henne litt og hun besluttet å slå på musikk, ta en dans, alene i leiligheten der ingen så på. Brystene vagget i takt med rytmene og hun glemte nesten seg selv i bevegelsene.

Etter dette skjedde lite. Hun lurte på om posten faktisk hadde blitt sent ut. Hvordan kunne hun vite? Var det bare humbug og tull? Hun brukte internettsurfeprogrammet til å besøke forskjellige sider på nettet. Det var ganske imponerende hva slags informasjon hun fant der – likevel – underholdningsverdien var begrenset, det ble fort kjedelig.

Det var det samme spørsmålet som dukket opp i hodet hennes, hva skal jeg bruke dette til? Hvem skal jeg sende e-post til?

Etter en uke så hadde hun bestemt seg; hun trengte det ikke, det var bortkastede penger. Hun skulle til å pakke ned maskinen og prøve å få solgt den brukt i en bruktannonse.

Da klirret den inn. E-post nummer to, fra Aslak. Han hadde fått den likevel! Hun kastet seg over bokstavene som formet seg svart mot hvitt på skjermen. Ifølge ham så hadde de møttes en gang ute på byen, for lenge siden og nå hadde han kommet over navnet hennes på nett og sendt en email til henne.

Han nevnte navn på noen av de andre hun kjente, så det føltes sant ut, riktig. Men hun kunne ikke huske ham på vilkår, eller kunne hun? Det hadde jo vært ganger hun var ute som hukommelsen hadde sviktet. Små, svarte sveitserhull av hukommelse som tonet seg opp mot horisonten – alkomus som småspiste på hjernen hennes. Søndager som gikk med til lite annet enn fylleangst.

Mannfolk, hun hadde rotet seg bort i mange, hun kunne da ikke huske alle?

Tankene hennes diskuterte seg til at det var sant det Aslak skrev og hun ble igjen overrumplet av nysgjerrighet. Alarmklokkene kimte litt sånn at hun måtte vite visse ting. For eksempel hvorfor … ja hvorfor Aslak hadde tatt kontakt med henne så lenge etterpå, bare etter å ha møttes *en* gang.

Ja, faktisk naget dette spørsmålet henne såpass at det ble de eneste linjer som stod i svarposten hennes.

Svaret lød tilfredsstillende:
1. Du gjorde godt inntrykk på meg.
2. Jeg har god husk.
3. Jeg har ikke tenkt så mye på det siden, men du dukket plutselig opp i hodet mitt igjen da en kompis ble sammen med ei dame med samme navn.

Etablert korrespondanse var et faktum, det var plutselig plass til den store, stygge PC-en i hennes liv. Men hun måtte pynte den litt, monsteret var rett og slett totalt uestetisk stygt uten litt jenteflid. Pynte, pynte, pynte. Resultatet ble imponerende bra, nesten litt kunst.

Tankene hennes diskuterte, ofte som resultat av heftig tvil, fram og tilbake om det var plass til Aslak også. Brevene hans var hyggelige og fylte henne med koselig varme og dypt inne i henne økte behovet for å treffe ham underlig fort.

Det fantes ikke lenger en dråpe av tvil da hun endelig ble invitert til visitt, bare et rugende «JA!»

Rudisag-paret tok henne med til administrasjonsbygningen og inn på et lite kontor. Frøydis unnskyldte seg med at hun var midt oppe i en masse arbeid, men lovte at hun skulle ta seg tid til å hilse mer omstendelig senere.

- Aslak er opptatt for øyeblikket. Mens vi venter kan jeg kanskje
  fortelle litt om pensjonatet vårt og ta deg med på en runde?
- Veldig gjerne.
- Nå vet jeg ikke hva Aslak allerede har fortalt så jeg tar det fra begynnelsen.
- Hva da?
- Mot hva de fleste tror så er «El punto del Sol», altså detta
  kunstnerpensjonatet drevet efter hård diktatorhånd.
- Hva!?
- Kunstnere har ofte en meget sær og vanskelig natur. Det betyr at hvis
  vi ikke hadde en hård overordnet lov her, så ville plassen rett og slett
  ramle sammen av menneskelig dekadens og intriger. Jeg er personlig
  ikke noe fan av det, men sånn er det at når jeg og Frøydis styrer
  med jernhånd så er det i beste hensikt for at dette lille bofelleskapet
  skal ha maksimum frihet og hygge for enhver som bor her.
- Ja?
- Som en følge av dette er det sånn at det kun er håndplukkede
  mennesker som får lov til å bosette seg her – selv om de betaler
  – besøkende utenom dette begrenses kun i kontrollerte former.
  Du har fått spesialtillatelse av oss til å komme å bo sammen med
  Aslak. Nå skal du vite at det var ingen lett avgjørelse for oss, så
  jeg regner med at du ikke skuffer oss og holder deg til reglene.
- Reglene?

- Vel, nå skal du vite at Aslak betaler oss ca. halv pris for ditt opphold her og resten dekker vi som rabatt.

Joachim smiler, litt for raskt. Randi plukker det opp av den lett nervøse situasjonen og gliser tilbake.

- Vel, det visste jeg ikke …
- Nei, jeg tror ikke Aslak ville at du skulle vite, så kanskje best å late som du ikke vet det.
- Jeg kan godt betale for meg selv. Du trenger ikke si noe til Aslak, da, vi kan ta oppgjør når jeg reiser igjen, og da kan du returnere Aslaks innskudd.
- Oki.

De smiler lurt til hverandre. De er i ferd med å snakke samme språk.

- Ok, første regel er at mitt og Frøydis' ord er loven. Vi foretar oss retten til å endre den som vi finner det best. Bortsett fra det så er det lite, egentlig. Her så fokuserer vi på at enkeltmenneskene skal kunne utfolde sine kreative sider, vi har platestudio, filmstudio, fotostudio, atelier, skriverom og så videre. På kveldene arrangerer vi forskjellige sammenkomster hvor beboerne kan komme sammen og dele sin inspirasjon, la den smitte over på hverandre. Det er ikke rent sjeldent at våre beboere velger å la seg begeistre til å finne nye sider med seg selv. Musikkartister som maler bilder, malere som skriver bøker, skribenter som lager film og så videre. I tillegg til dette har vi et utpreget kjøkken bestående av et eksklusivt utvalg av chef-er fra hele verden, vi kan rett og slett lage nesten alt det skulle være, bare begrenset av råvarene. Vi har også en åker og blomsterhage som tilbyr masse glede for dem som liker å finne ro med å pusle med sådant.
- Spennende, men jeg er ikke kunstner, så det er lite jeg kan tilby.
- Uansett så er du, fra i dag, å regne som fullverdig medlem av «El punto del Sol» og jeg håper du vil dukke opp på kveldssammenkomstene, med eller uten følge. Kanskje blir du inspirert til å prøve å lage noe selv, hvem vet? For informasjon så er alt som produseres her inne, under delt copyright med kunstneren. Det betyr at i tillegg til at man betaler for oppholdet, så om man inspireres til å lage og gi ut noe her, eies det halvveis av kunstneren og halvveis av oss. Dette gir oss naturligvis tilstrømning av en god del ekstra penger som vi kan bruke til å publisere alt det som ellers ikke ville ha solgt så godt, men vi anvender pengeflommen også på andre måter. Det spekuleres ofte i om vi utnytter dette og tjener fett på dette. Jeg kan si med en gang at det er en total misforståelse. Overskuddet lar vi komme tilbake i form av goder til denne plassen samt at vi bruker en god del penger på aktiv veldedighet rundt om i verden.
- Hmm, sa hun litt fortumlet.
- Men nå har jeg snakket nok. Jeg skal vise deg hvor Aslak bor så

skal dere få litt tid til dere selv. Bare kom innom på kontoret vårt hvis det er noe du lurer på. Jeg og Frøydis har vår egen bopel et stykke unna hovedbebyggelsen hvor vi helst ser at vi blir latt være i fred hvis det ikke er noe spesielt som krever vårt tilsyn.

Randi hadde ikke hatt så mange ordene å si siden alt var så spennende, underlig og nytt. Når Joachim snakket, hadde han et så behagelig tonefall og ytre at hun stolte fullt og helt på ham, selv om hun skjønte at denne mannen likte, nærmest befalte å få tingene på sin måte. Kanskje hans metode ikke var så ille?

Hun kjente at kriblingen i kroppen steg og forventingen til det som kom, presset opp i henne. Hun ble forlatt foran inngangsdøra. Hun banket på.

Der stod han: En kjekk kar med halvlangt mørkt hår og noe rufsete stil. Hun merket med visshet at hun følte seg tiltrukket av ham fra første øyeblikk. Først der hun stod, standhaftig foran ham, gikk det opp for henne hvilken galskap hun hadde kastet seg ut i. Et følelsesmessig sjokk nærmest ristet over henne. Hun kunne ikke huske ham på vilkår. Han kom mot henne og klemmet henne.

Det var godt. Det gjorde ikke noe om hun ikke kunne huske, hun ville late som, være med på leken.

«Detaljene er i bitene.»

Han våknet tidlig som planlagt, følte seg ikke trøtt i det hele tatt og hoppet opp av senga. Stille, nynnende på en melodi inne i seg, Sir Machete med «Girlfriend», nærmest svevde han på sokkelesten ut til balkongen. Der hilste han og den nye dagen på hverandre – så utrolig vakkert. Så utrolig vakkert hans nye liv hadde blitt, der han lot det gamle, det skitne forsvinne ut til et morkent minne.

Han lot naturen bre seg over ham og tankene sige, flytende ut.

Deretter hoppet han inn på kjøkkenet og kokkelerte mens nyhetene slo imot ham, virkeligheten som prøvde å trenge inn i ham, uten resultat, han har vært i den verden før, det er ikke hans verden – lenger.

Det var smultringer som var hans klare favoritt, store, fete smultringer, noen ganger dyppet i deilig, tykk og mørk sjokolade. Han sørget for å spise smultringer minimum hver søndag, noen ganger flere ganger i uken. Men ikke denne søndagen, ikke i dag, i dag var et helt spesielt unntak.

- Gratulerer med dagen!

Tilbake i soverommet med et matfat fylt med godis: bløtkake med bananbiter, bringebærbiter, krem og et vakkert lys som blafret på toppen. Ved siden av: en flaske champagne, ekte sådan, som bare skrek etter å åpnes.

Et kort velplassert med noen enkle, men vakre ord som er inspirert direkte fra den nye dagen:

«Englene danser for deg ved morgengry. Sola reiser seg opp i din heder.
Stjernene glinser i ditt lys. Magnifikt og evig som evig kjærlighet.»

- Å, tusen takk, kakefrokost på senga!

Mens de gaflet i seg, så han på henne, noe seriøst, og spurte:

-Du?
-Ja?
-Den gangen, den første gangen vi møttes, så inn i hverandre
  akkurat som nå, følte du noe da? At det kunne bli oss?

Hun prøvde å ikke gulpe. Hun hadde jo visst at en dag så måtte det komme, de var nødt til å snakke om det som hadde skjedd. Hun var uendelig takknemlig for at han brakte det på banen på en sånn lettvint og komfortabel måte. Men likevel kjente hun stikk av frykt i seg, frykt for å si sannheten, hun ønsket ikke å bryte idyllen de hadde her og nå og valgte den enkleste veien.

- Ja.
- Jeg visste det, sa han og hoppet rundt i senga.

Kake og bringebærbiter hoppet med. Selv champagnen kunne ikke dy seg og noe havnet i håret hennes sammen med en bananbit med krem.

Del C

Hanne

«Det er vanskelig å alltid være god og balansert,

alltid er det så mange fristelser og prøvelser på lur,

noen ganger er det deilig å bare synke ned i det.»

Enhver kriminalsak, liten eller stor, krever et møysommelig arbeide helt ned i de minste detaljer for å komme til bunns i sannheten. Ofte er selve Sannheten omsluttet av et utvalg av parasittiske elementer av løgn som må skrelles ned som en løk, til man kommer til kjernen – dit man vil – sånn at, til slutt, den gemene hop kan få ro og forbryteren sin straff.

På tross av at kalenderen viste sommer, slo vinden noe kjølig akkurat den morgenen. Guttungen som hoppet mellom steinene i vannkanten, kjente den friske lukten av saltvannet mot kinnet. Hutrende. Han var kledd for varmere vær. Signalet på den svarte Siemens-mobiltelefonen blinket sørgelig på null, ingenting.

Porno og Pervo hadde fått seg en knøttliten hytte ikke langt unna. Pervo lå fortsatt og sov mens Porno stod utenfor og supet i seg en dvassen pulverkaffe. Han veivet mot guttungen, gjorde tegn til at han skulle komme oppom.

Gutten hoppet sprettent hele veien opp og noe andpusten lirte han av seg noen ord:

- Hva er det du vil, mister?
- Hva driver du med, gutt?
- Prøver å få signal tilbake til fastlandet, skal ringe mor.

- Mor?
- Ja, jeg vil ikke være her på denne øya.
- Hvorfor ikke?
- Pappa er ikke snill.

Porno kjente umiddelbart at dette ikke var noen konflikt han ønsket å bli involvert i. Han og kompisen hadde reist til øya for å kose seg og sjekke opp kjei; familiefeider var ikke deres greie.

- Tror ikke du kommer til å få kontakt her, men si fra hvis så skjer.
- Det *må* skje, jeg vil hjem.

Guttungen skjønte tydeligvis at samtalen ikke var til hans fordel og spratt videre bortover landskapet.

- Hanne.
- Hanne … ?
- Hanne.
- Joda, men hva er etternavnet ditt?
- Det kan du bare gi faen i.

Kenneth ble opprørt, han var ikke vant med denne typen etterforskning. Hans ekspertise, eller mangel på sådan, lå mer i snusing, slåssing, drikking og å suge ut informasjon av de som var skyldige. Dette med å rutinemessig intervjue alle personer, finkjemme et åsted var nytt for ham. På en annen side, en gang, før eller siden, måtte det jo skje.

Det virket som at samtlige mennesker hadde noe å skjule, hadde lite til overs for ordensmakten, joda, de hadde et kollektivt ønske om at morderen skulle gripes, for all del, helst uten hjelp fra dem. De var jo bare *vanlige* mennesker, uten ønske om å skjendes med møkka og opprettholde skillet mellom rett og galt. Han ble fylt av et enormt indre driv: dragsuget etter røyk. Nok en gang forbannet han Karianne for akkurat under denne ferien å melde ham «frivillig» til røykestopp.

Hanne var omtåket og sliten, hun ønsket ikke å la seg intervjue, hun ønsket bare å sove ut, lenge. En diffus mengde av dager tidligere, hun husket ikke lenger når, hadde Erlend stormet inn i leiligheten hennes. Han hadde funnet henne naken og neddopa i en stue som minnet om en herpa utedass, det hun så på som hennes hjem. Mot hennes vilje hadde han slengt henne inn i dusjen, tvunget i henne halvannet stekt egg og fått på henne klær.

Hun hadde lirt av seg mange stygge gloser og ord. Forbannet ham, bedt ham la henne være i fred. Bare ønsket seg en dose til, bort, vekk, alene.

Erlend hadde nektet. Gjort rent, i kåken og i henne. Fått henne på stell, det hadde vært et helvete uten like – en tilværelse i konstant dundrende smerte, hvert sekund, hver time, hver dag, en svak kropp plaget av abstinens – men likevel trygt, deretter invitert henne på tur til denne gudsforlatte plassen. En øy langt unna sivilisasjonen, dopet, festene, guttene og filmene.

Erlend var en usannsynlig god mann, nesten uvirkelig som i et eventyr, hun kunne godt like det da ferja hadde putret av gårde og hun kunne la hodet synke ned i fanget hans. Hendene hans hadde strøket kjærlig over henne. Han visste godt om livet hennes, om pornofilmene, om misbruket, men han kunne aldri fatte, forstå eller eie mørket. Mørket som svulmet opp inne i henne, vokste seg til som et dyr, et gedigent monster som levde inne i henne, som nektet å slippe taket.

Da hun hadde fått øye på den døde kvinnen hadde det vært som å se et omen av seg selv. Som om det ikke var noen andre som lå der, men hun selv som var liket, kaldt, hvitt, dødt uten liv – akkurat som henne. Riktignok hadde hun fortsatt pust, men livet hennes var uten glede.

Nesten, når Erlend holdt henne inntil seg, strøk over håret hennes og kysset henne lett, ble det vonde døvet bort, hun kjente stikk av glede. Livsglede. Erlend var ikke som andre menn, han var ikke over kjønnet hennes så snart det lot seg gjøre. Han behandlet henne med omsorg, som et menneske, ikke en vare. Men det skremte henne likeså, hun var ikke vant med det, hvordan var det mulig? Det burde ikke være lov, eller var det omvendt?

Hun hadde ikke noe ønske om å fortelle noe av dette til den latterlige lovens håndhever, unnskyldningen av en mann, en rockabilly med lisens, som prøvde å pirke ut sannhetens om hennes forfall. Hun hadde ikke drept noen, hun ville bare ha fred, ro, spise og sove. Som en rocker så han ut, Hellbillig, ja han hadde et utpreget utseende og stil. Han kunne sikkert ha gjort karriere i pornobransjen. Hun smilte ved tanken.

- Men svar da, for faen!
- Ja, jeg skal svare, bare vi blir fort ferdig.
- Kan jeg bomme en røyk av deg?

Fornøyde sugde de i seg nikotinet som kilte ned i lungerøttene og signaliserte falske beroligende stimuli til hjernen. Det ble lettere nå, ordene rant av sted. Kenneth ergret seg over den svake og noe feminine smaken, selv når han brakk av filteret så hjalp det kun ørlite. Men det var bedre enn ingenting.

Da hun kom tilbake til hytta, var han borte. Hun hadde sett for seg at hun bare kunne krype tilbake i køya, inn i hans trygge favn, men nå var hun alene. Hun var vettskremt for å være alene. Hun kjente at angsten og bekymringene presset seg på som voldelige tanker fra onde avlukker i og utenfor hjernen hennes. Hundrevis av mørke tanker slet i henne. Hun ble ustø, kunne nesten ikke stå oppreist lenger. Det pulserte inn mot hodet, det var nesten så det svartnet.

Hvor var han? Han skulle være her hos henne! Det var klaustrofobisk trangt inne, det var som om veggene kom sakte nærmere. Hvisket slibrige ting i øret hennes. Den svulmende følelsen av pulsen som prøvde å slippe ut, bryte ut av kroppen. Hjertebank. Hun måtte ut. Finne ham.

Pervo våknet fornøyd med et glis om øyet og et meget hårdt lem. Det hadde vært en perfekt drøm. Pervo hadde gjort klar frokosten så det var bare å høgge i seg.

- Jeg drømte om hu med de digre brøda, sa Pervo.
- He he, ja, hvem skulle trodd at vi ville møte hu her?
- Apropos, hu med de store brøda, vi må ikke glemme hvorfor vi er her.
- Drekka, pule, spy, sløss, party og alt som er moro, alt som er oss.
- Og litt hornmusikk en gang i blant?
- Hornmusikk? Et band som står utafor å speller hornmusikk på morran mens tømmermennene spiller i perfekt utakt. Du er jaggu ikke god.
- Godt er det.
- Det er fint med knullemusikk altså, men da foretrekker jeg Bolero.
- Eller Dance of the dream man.
- Ja, den er fin, den er nærmest vår kjenningsmelodi …

De ler begge to.

- Når skal vi begynne med drekkinga …

De ble avbrutt av at hyttedøra var slått på vidt gap og ei nydelig jente stirret på dem.

- … Hva med med en gang?, spurte Hanne.

De var ikke vonde å be, damebesøk og øl sammen med frokosten, mye bedre enn plagsom hornmusikk. Dette skulle bli en meget deilig uke, det var de begge sikre på. Sjansene var at de begge hadde registrert at jenta hadde ankommet øya sammen med en kavaler, men de var rutinerte nok til ikke å spørre.

De satte på Dum Dum Boys´ «Pstereo» og ramlet ned noen ølere. Allerede ved tredje avspilling av albumet hadde de fått av Hanne klærne og de tok henne forfra og bakfra etter tur. Hun var vill, ute av styring og det kunne de alle godt like.

Etter fem–seks runder sloknet de alle sammen pladask, midt på dagen. Da Pervo våknet halvnaken med Porno vedsiden av seg, var Hanne allerede borte. De lot dusjen rense seg rene på omgang og fortsatte drikkinga mens Prepple nok en gang skrek om at vennen hans hadde kastet kjolen på en sofa av katteskinn.

- Vet du at DJ Oracle bor her på øya?, spør Pervo.
- Du mener hun dritsexye?
- Ja.
- Nice, da må vi prøve å få oss litt.
- Hun er min.
- Skal vi ikke dele a?
- Ikke hu nei, hun skal jeg ha, e æ litt grådig.
- Hva får jeg da?
- Hu med de digre jura, vel.
- Deal.

Hanne var lettet over å finne hytta fortsatt tom, hun dusjet seg grundig, måtte fjerne all lukt og bevis av sex. Det var ren rutine, hun hadde gjort det så mange ganger før, renset seg ren fra alle de utallige mennene som hadde penetrert henne. Det hadde liten signifikans for henne, men Erlend kunne aldri få vite, det ville jo bety noe verre enn massakre. Hun ville for alt i verden unngå å såre ham, bare ligge inntil den nydelig kroppen hans og kjenne seg trygg, rolig og glad – som et ekte menneske og ikke et ludder.

Erlend kom inn mens hun fortsatt var naken, han ropte på henne. I hans nærvær forvandlet hun seg til en person som var underlig sjenert. Selv om hun var ren var det som om hun var omslørt av et teppe med skam, som om Erlend kunne se rett igjennom henne. Han tok henne bare rolig rundt, i hendene, og kastet henne i sengen. Han strøk henne varlig over kroppen med ømfintlige, snille hender. Koste med henne på den deilige måten hun ikke var vant til – som hun elsket over alt på jord.

Hun kunne ikke, hikst presset seg opp i halsen. Tårene kom, gråten kom. De hadde vært *der* før.

- Jeg mente aldri at livet mitt skulle bli sånn, så vanskelig, så tungt.

- Så, så, trøstet Erlend.
- Da jeg var liten, var alt så enkelt, så naivt. Det var ikke noe sex,
  ikke noe pengepress, noe gruppepress, noe ensomhet, det var
  bare lek og trygghet. Ikke noe dop eller alkohol. Hvor ble alt
  det gode av, uskyldigheten? Det er faen ikke noe moro å bli
  voksen, hun truet ordene ut av seg mellom halvkvalte hikst.

Hun tenkte tilbake til den uskyldige barndomstiden da det ikke fantes «Bad
Trips», hangovere og porno, men bare naiv moro. Eller hadde det egentlig vært
uskyldig? Det var vanskelig å huske barndommen, den fortonet seg som en tåke
av noe evig langt borte, som om den ikke egentlig hadde eksistert. Det kunne
virke som den bare var en forskjønnet ide, en billig klisje, rett og slett.

Erlend bare holdt rundt henne og trøstet henne. Lovet henne at det vonde var
over, at alle får en ny sjanse. Dette var hennes, deres.

Senere stod de opp og satte seg rundt bordet og delte en flaske rødvin. Erlend
spilte klassiske favoritter på radioen. Hanne syntes det var litt i kjedeligste
laget, men sa ingenting. Mørket var skjøvet bort, hun var trygg.

Hun ville fortelle, meddele Erlend, om det hun følte, om alt som knuget inne i
henne, om barndommen, ungdomstiden. Om begge abortene, om angsten hun
hadde følt, angst som var mer enn bare psykisk, om den evinnelige ensomheten,
om den mørke klumpen inne i henne, som hevet seg med ujevne dunk, som aldri
ville ut, men som stadig vokste seg større, fortæret henne. Alt ville hun fortelle,
men det var et tungt kjede med en stor hengelås som hang fast rundt halsen
hennes og stumheten var truende.

Kenneth så en annen vei, han visste hva som ville komme, orket ikke å møte
øynene hennes. Karianne bannet, svertet, men mest av alt var hun uendelig
skuffet inne i seg.

- Du bryr deg bare så utilgivelig lite om meg, du.
- Men søtnos, jeg …
- … ingen vits å komme med unnskyldninger her. Jeg ga deg et ultimatum,
  røyken eller meg og det er tydelig at du foretrekker røyken.
- Men det var jo et mord, og så mye arbeid og så måtte jeg bare ha en.
- Unnskyldninger, Kenneth, du rir på et liv av unnskyldninger, på
  fyll, jobb og å stadig unnvike realiteten. Det er de menneskene
  rundt deg som må ta støyten, hver eneste gang.
- Bare fordi jeg har tatt meg en blås trenger du ikke ta sånn på vei.
- Jo, jeg må det, du skjuler deg alltid bak noe, åpner deg aldri opp.

Hvor lenge har vi vært sammen? Likevel kjenner jeg deg ikke, familien din, livet ditt. Det er lissom bare deg, Birger og Åshild.
- Ja, men jeg trives med det.
- Jeg kan leve med det, men ikke en dag lenger med stanken av Rød Mixture 3, av de stygge tennene dine som er nedslitt av nikotin, av fingrene dine som er sprukne og sykelig gulaktige. Av den evinnelige lukta av råte og røyk. Den må bort eller så må du bort.

Det var en samtale som ikke kunne gå bra. Hun kastet ham på dør, låste ham ute, sank sammen innafor i gråt. Hun var uendelig skuffet og lei seg, hun hadde forventet at dette skulle gå lettere, ja uten komplikasjoner. Nå derimot hadde hun kastet ham ut, ham som hun elsket. Igjen var det krøll på tråden og hun ønsket så inderlig, dyptgående at det ikke hadde blitt slik, vanskelig og dumt.

Kenneth spaserte rundt i ring. Det var jo meninga at dette skulle være ferie, et sted hvor alt var rolig og godt. Hvor de skulle nyte tiden sammen, elske som kaniner og glemme at hverdagen fantes. Istedenfor hadde mister Hverdag kommet tuslende etter, truende og brutt opp sprekker på alle plan. Feller med mord, arbeid, intriger imellom ham og nytelsen. Var han, Kenneth Johansen, forbannet med at han alltid måtte rote seg opp i en sak? Var det hele bare et gigantisk komplott? I det store og det hele, han som tiltrakk seg mordet, eller mordet som tiltrakk seg ham? Kunne det hele være hans skyld? Hadde han lest for mange bøker med Hardyguttene?

Han ristet av seg den vanvittige tanken og banket på hos Birger. Birger hadde en liten hytte bare for seg selv. Lyden av Di Derre med «Slå meg på» dundret mot ham. En sang om en liten, elskelig robot med hjerte og knapp, nesten som hans kjære, alltid trofaste Åshild.

- Kenneth? Hva skjer? Du ser helt jævlig ut.
- Har du en dram?
- Rein 96 med solbærsaft.
- Nice, jeg er med.
- Husk å blande med ekstra mye saft sånn at sukkeret dreper spritsmaken.

De satte seg rundt bordet, Kenneth fortalte om Karianne. Birger nikket forståelsesfullt. Han skjønte altfor godt, kvinnfolk har en tendens til å rote det til med sine greier. Alltid, faktisk. De visste rett og slett ikke bedre.

- Faen, Birger, du er så forståelsesfull alltid, du skjønner lissom alt. Likevel, når var det siste gangen du hadde deg kjei, lissom? Kan ikke huske det.
- Hold kjeft, Kenneth, du ønsker ikke å gå der.
- Hva? Har jeg truffet den sarte delen av deg, Birger?
- Hvis du ikke holder kjeft, så hiver jeg deg på dør.

- Så, så.
- Nei, du skjønner ikke, jeg kan godt høre på all klaginga om deg og damene
  dine, om festene dine, om fallittene dine. Være kompisen din og støtte opp
  om deg. Men ikke kritiser min egen miserable tilværelse. Tror du virkelig
  jeg ønsket å være Birger, råneren, loseren, han som ikke kommer nærmere
  sex enn de fem potetgullbefengte søstrene Mary på høyrehånda? Tror
  du jeg synes det er kult? Dere er som en familie for meg, som gjør at jeg
  holder det ut. Men ikke knus det, *ikke*.

Som venner, bestevenner faktisk, så var Kenneth og Birger som erteris, men
som med så mange andre gutter, var det en usynlig grense mellom dem. Et
skille, som ikke skulle eller kunne brytes. Kenneth fornemmet dette der de
diskuterte, han forstod plutselig (men altfor sent) hvor egoistisk han alltid
hadde vært med Birger. Alltid hadde Birger vært der for ham, men hadde han
noensinne gjengjeldt tjenestene? Var han en god venn for Birger?

Hanne klarte ikke å dy seg da hun fikk en innskytelse: «Skal vi prøve
spiritisme?» Erlend måtte svare som sant var at det ikke pleier å fungere noe
bra når man bare er to. Tre eller mer var det magiske tallet som skal til for å få
det til å fungere. Men Hanne ville ikke høre på fornuft. Det varte ikke lenge før
de hadde gjort klart til seanse.

Hanne fikk lov til å stille første spørsmål: «Hva heter hun som ble funnet
død på ferja?» De hadde varmet glasset så varmt at det svei som tusen ovner,
men likevel så skjedde ingenting. De var i ferd med å gi opp da glasset sakte
begynte å flytte seg i en liten ring. Plutselig var det som om det var et virtuelt
vindkast inne i rommet. Gysende kaldt.

Hun kjente et dunk i trommehinnen, så begynte glasset å flytte seg bestemt
bort til bokstaven «A», fortsatte så videre til neste bokstav «N», i en sirkel,
rundt i ring, deretter nok engang til «N» og til slutt til «E».

- Anne, ropte Erlend ut forskrekket, han hadde aldri trodd at noe skulle skje i
  det hele tatt. De eneste gangene han hadde prøvd spiritisme hadde han alltid
  mistenkt noen for å jukse, men denne gang var det åpenlyst ikke noe juks.
- Å, la oss spørre om noe mer, det er din tur.
- Hvem er morderen?

Svaret lot ikke vente på seg «E-R-L-E-N-D».

I det samme som glasset stoppet opp på «D» forsvant alt lyset i hytta. De satt
omsluttet av stummende mørke. Et stormkast slo imot veggene. Et høylytt brak

blåste vinden bort – torden. Stillhet. Begge ventet. Truende. Så kom regnet, i digre klaser, som billig lydeffekt. Gyselig uhyggelig ble det.

Hanne, kjempet mot frykten og presset ut av seg noen spinkle ord «Det er sikkert noen andre som heter Erlend, du var jo sammen med meg hele tiden». Hun trodde ikke på det, trodde ikke at han var en morder, at glasset sa sannheten, at det faktisk hadde skjedd. Men hun var redd. Underlig redd, ikke sånn som vanlig, men langt ned i urdypet, der hvor bare grums og Gollum romsterte.

Erlend lo noe lettet, men humorkulene var falske.

De to som for kun øyeblikk siden hadde nærmest stolt blindt på hverandre hadde plutselig blitt totalt usikre, både på hverandre og verden der ute. De får tent et stearinlys og drikker opp nok to flasker med rødvin, men stemningen tar seg aldri opp.

Lyden av regnet, som pisket mot hytten sammen med den uhumske vinden, hylte som tusen forpinte sjeler.

Spiritismen hadde lagt igjen en skygge av frykt over dem. De ønsket at de aldri hadde prøvd. *Mange påstår at spiritisme er selve djevelens verk.*

Trøttheten kom over dem, nøden fikk dem til å søke etter hverandres kropper og trygghet. Den deilige varmen fra hverandre.

- Erlend, jeg vet godt at det ikke er sant, du har ikke
  drept noen, du er bare god og snill.

Vinen gjør sitt, de daler ned i drømmeland.

«Det å oppnå åndelig opplysning og velsignelse

er ikke en individuell handling.»

Han gliste over hele fjeset, det gliset som hun elsket, som var nytt, som et utslag av at livet gliste til ham. Dette var livet, tenkte han mens han rapellerte nedover. Han skrek av glede, han først, hun etter.

Avslutningen, det siste fallet var det største, det ultimate. De hylte som glade, ville dyr. Proppfulle av adrenalin ankom de endestasjonen.

- En gang til?
- Ja.

Men dessverre lot det seg ikke gjøre, en annen gruppe var allerede i gang og det var ikke ledige tidsluker igjen den dagen for å snike inn en runde til.

- Møkk, møkk, møkk, vi får ta det en annen gang.
- Yes!

Hun vet ikke helt hva som slo henne, men hun fikk lyst til å komme inn på noe mer seriøst, noe som hun hadde latt ligge altfor lenge.

- Du kan godt ta kontakt med vennene dine igjen, det trenger
  ikke bare være meg og deg, oss, hele tiden.
- Hva mener du?
- Du trenger jo ikke å avskjære alt fra fortiden din bare for meg.

Han kjente han ble irritert inne i seg, sur, bare av å tenke på den tiden, den gangen, fortiden. Hvorfor skulle hun bry ham med dette nå? Skjønte hun ikke at det plaget ham, det han hadde vært, at han hadde vært *det*.

- Nei, jeg har ikke noe behov for det. Det var et annet liv som jeg
er ferdig med. Nå er jeg frigjort i stillhet, nå er jeg ikke lenger
involvert, i livets utmåling, men i selve utførelsen. Hele mitt liv
har blitt til en bønn, i stillheten, omgitt av åndelig renselse.

Del D

Helga

«Tror du virkelig at dine barn klarer å gjøre

riktig alt det du har gjort galt?»

Kenneth var møkka lei. Offeret, med det noe danske navnet, Anne Bostrup, hadde ikke lagt igjen noen spor av verdi. Alle passasjerene og mannskapet hadde blitt grundig etterforsket uten noe som helst resultat annet enn at Kenneth nå forstod at samtlige hadde noe å skjule, men ingen eide motiv.

Regnet pøste ned som lemmen på vei til døden. Han og Birger gikk igjennom alle detaljene på nytt og på nytt, i håp om at de kunne finne en ledetråd, bare en liten en – noe som ikke stemte overens.

Paradokset var at ingenting stemte – ingenting passet sammen.

- La oss gå igjennom alt fra begynnelsen. Vi antar at Anne
  Bostrup ble myrdet på ferja på vei til øya. Motivet er ukjent og
  morderen kan ha vært hvem som helst på ferja. Det er ikke meg,
  ikke Lotta eller Lotte fordi de var jeg sammen med …
- … wow, fikk du deg noe?
- Har vi ikke vært igjennom dette allerede? Ba
  jeg deg ikke holde kjeft om det der?
- Joda … oki, fortsett.
- Jeg regner deg og Karianne som sikre, altså ikke skyldige,
  da gjenstår alle andre som potensielle mordere.
- Fantastisk, da har du klart det kunststykket å koke ned listen av
  mistenkte ned til omtrent alle sammen. Etter alle intervjuene har vi
  ikke kommet ett eneste skritt videre. Alle har alibier, alle skjuler noe,

noe på samvittigheten, men høyst sannsynligvis ikke noe som har med mordet å gjøre. Det som irriterer meg mest av alt, er hvordan hver eneste person tror på liv og helse at deres problemer, *at de*, er viktigere enn alt annet, deres personlige agenda er foran alle andre, det er til å bli mer enn oppgitt av. Hvordan skal verden noensinne bli snill?

- Husk nå at bare en av dem er en drapsmann, en av
  personene på øya og vi skal finne ham.
- Vet vi at det er en mann?

Truende, irritert slo høljregnet mot veggene som om de var lagd av billig papp. Hver bit av tid var en lovnad om at nå, nå kommer vi til å slå hull i hytta for å bryte oss inn.

- Nei, men etter de indikerte skadene på Anne, tror jeg det er trygt å
  si at hun har blitt kvalt først, av noen som hun stolte nok på til å la
  personen komme helt inntil for å få tak, før hun strittet imot.
- Du mener vi kan spørre rundt om noen kjente henne?
- Det har vi alt. Uten hell. Hun er frøken ukjent, Jane Doe, Anne Bostrup.
- Etternavnet er noe dansk, men papirene hennes er utvilsomt norske, jeg
  tror hun kanskje var fra Danmark, men hadde bosatt seg i Norge?
- En mulighet, men kan jo også hende at det var
  hennes foreldre som var fra Danmark.
- Hva skal vi gjette på som motiv?
- Motivet kan ha vært hva som helst. Det eneste vi vet er at det ingen
  indikasjon på at noe er stjålet fra eiendelene hennes, jeg regner med ran eller
  tyveri som lite sannsynlig. Det som er så inderlig merkelig er at hun ikke
  hadde leid noen hytte, står ikke oppført noe sted. Frøydis bekreftet også at
  hun ikke var forventet å ankomme «El punto del Sol», så da er vi like langt.
- Nei, det betyr selvfølgelig at hun skulle bo i hytte sammen med
  noen av de andre her. Noen som ikke forteller sannheten.
- Alle snakker sant, bare ikke her.
- Jada, men noen, noen vet veldig godt hvorfor og hvordan.
  Jeg tror rett og slett vi må snike litt i hyttene.
- Helt ulovlig selvfølgelig, uten noen som helst jurisdiksjon.
- Er det ikke det vi alltid gjør? Utvidede fullmakter.

De smilte til hverandre, så lo de begge to.

Helgas barndom var full av dårlige minner, de fleste hadde hun lagt fra seg, gjemt eller skjult inne i bortglemte sirkelganger, nervetråder som aldri lenger ble brukt. Hjernens talent til å fortrenge det som fortrenges bør, i det øyemed å la en fortsette sin triste skjebne, er lik en nihilistisk kunstart.

Hennes ulykke kom i det at hennes foreldre tilhørte et høyere statussjikt, enda verre var det faktum at begge hennes foreldre var dypt materialistiske til sinns og forstod aldri det faktum at hun, Helga, var et dypt følsomt individ.

Ultrafølsom til fingerspissene, direkte på spissen av neglene, alle de små fakta som de tvang henne til, kjedelig, nøytral bekledning, skrive med høyre hånd, opptre korrekt, skadet hennes indre vesen, hennes harmoni. Ja, det hele ville kokt sammen til en bok som ville fått Jens Bjørneboes «Jonas» til å fortone seg som den reneste lystkomedie.

Det kunne bare gå en vei, til oppstandelse, til brudd. Da hun var ferdig med gymnaset og foreldrene gledet seg, basert på familiens verdier, til å sende Helga rett inn på legestudier, nå som det også var åpnet for kvinner, så kunne hun ikke mer – hele hennes vesen fikk sammenbrudd, det var tid for revolusjon.

Ennå visste hun smertelig lite om seg selv – bare om det elende at hun aldri var god nok.

Hun ble plukket opp av, rotet seg bort i, en gruppe anarkister, som levde underlige, utsvevende liv, så totalt annerledes fra alt hun hadde kjent. På ene siden så fritt og deilig, på den andre siden hadde samtlige en viss fiendtlig negativitet i seg. Noe som ikke var mot henne, men mot noe annet, udefinerbart, mot altet?

Gjennom disse årene vandret hun som en hvileløs sjel, som et barn, igjennom alternative grupper, mysterier, magi, kjærlighet eller påstått sådan, spiritualitet, religion, kvakksalveri, sannhet, helbredelse, løgn og ikke minst håp, men også en god dose brutte løfter.

Hun lærte så meget, så meget hun ikke kunne, det var som om livet omfavnet henne på nytt. Hun kunne endelig være den hun ville – springe ut som en vakker blome.

Men hun ante ikke hvem hun var.

Om nettene ble hun invadert av forferdelige drømmer om grusomme monstre, i avskyelige farger og fasonger, som angrep henne, flerret henne opp, blødende, mens hun lå stille, paralysert, ute av stand til å beskytte seg, oppå et hvitt laken.

Smått om senn lærte hun å filtrere ut mengdene av lærdom som hun tilegnet seg. Kutte bort med sliten fruktkniv den del av friheten som ikke passet inn i hennes individuelle, personlige univers.

Hun la seg opp med viten, kunnskap og forståelse av energifelter versus materie. Hvordan hun måtte møblere sitt rede for å beskytte seg mot verdens negativitet og maksimere de behjertede energier.

Hun trakk seg tilbake fra de store folkemengder, begynte å male og tegne. Det som kom på trykk, var fantastiske malerier av gode drømmer hun aldri fikk – før nå. Drømmene hennes ble roligere, formet av hennes fantasiprodukter.

Det var historier fra Atlantis – før fallet.

Hun ble fort beryktet som litt av ei heks i nærmiljøet, på en positiv måte, alle kunne like seg i hennes nærvær, de positive stråler, aura, som hun og det eller de hun tok på, omgikk seg med, kunne føles av alle, bortsett fra hennes foreldre og de der var av samme snevre forståelse.

De som manglet, eller lukket ut følelsene.

Hun trodde med tid og stunder at hun hadde funnet seg selv, hun slo seg til ro med tilstanden, med bruddet med foreldrene, med status som heks, med seg selv. Lite ante hun at hun bare hadde startet å krafse med halvlange negler utenpå tilværelsens mangfold.

Helga så undrende ned på bakken der nede. Merkelig nok, hun som aldri hadde rørt en flyplass eller fly i hele sitt liv satt nå underlig sammenstuet i en Cessna 172, det mest produserte småflyet verdens sinne. Sikkert, snilt, hun følte ikke et snev av angst.

Det som overrasket henne mest var stabiliteten der det cruiset av sted i 120 knop. Det føltes nærmest sikrere enn å sitte på i bil. Hun så over verden som en av vokterne. Hun elsket det. Smilte.

Skal man dø i en Cessna 172, må man ville det selv.

Det hadde vært en merkelig natt. De hadde delt seng, han hadde tilbudt henne sengen så kunne han sove på gulvet, men hun hadde strittet i mot. På hver sin side av den lille sengen hadde de kjempet om nok plass til å sove, men ikke være inntil hverandre. Det var naturligvis ikke fullstendig mulig og tidvis hadde de måttet gripe tak i hverandre for ikke å falle over bord, ut av sengens trygge rede og ned på det uendelige havet av et gulv.

En gang hadde hun falt ut og han hadde måttet hive i vei en arm for å redde henne i land igjen. Var det dette hun hadde drømt om? Å reise så langt, for å bo i samme rom, men ikke dele hverandre? Var det ikke meningen at de skulle ha vill og hemningsløs elskov på deres egen private Kon-Tiki?

De lå der på hver sin kant og så inn i hverandre, snakket om løst og fast som gamle venner. Så møttes hendene deres og de lekte med hverandres fingre. Det var en mellomting av underlig sensuelt vennskap og en liten seksuell tirring. Han fikk reisning, men skjulte det.

En mann er aldri mer håpløst desperat en når han ligger der med et hardt jern som ikke skal eller kan brukes. Han kan selvfølgelig prøve, men han vil ikke, eller kanskje han bare er feig, tør ikke? Det forer desperasjonen, tankene suges ut av hodet og overføres til det lille dirrende hodet der nede som kun har en tanke i livet: tøm og røm.

Han fantaserte om å drukne hodet sitt mellom de gigantiske brystene. Seile på oppdagelsesferd som en av de gamle verdensfarerene hele veien ned til Eldorado.

Randi lot fingertuppene stryke over fingrene hans, lett nuppende til og fra.

- Det må være synd på deg ...
- Ååå?
- Ja, du har jo ventet så lenge på dette, så blir det ingen vill sex.

Aslak er overrasket over hennes uformelle omgang med ordet «sex», men skjuler det, svarer med lite tilsørt ironi.

- Ja, det er veeeeldig synd på meg.
- Hmm.

Det var i ferd med å oppstå en halvklein stemning; på tide å gå videre.

- Ikke tenk på det, skal vi stå opp? Frokost?
- Jepp.

Randi hjelper til å dekke på et enkelt måltid med brødskiver, tomat, agurk, tre forskjellige oster, syltetøy, juice, melk, kaffe og te.

- Aslak, jeg synes det er så fryktelig.
- Hva da?
- Har du ikke hørt det?
- Hva da?
- På ferja over så var det noen som myrdet en kvinne.
- Du kødder?

- Nei, det er seriøst, har du ikke fått med deg nyhetene?
- Du, jeg har for det meste sittet her og vært med deg.
- Ja, men før det?
- Nei, for da satt jeg her likeså.
- Med maleriene?
- Jepp, noe skal jeg leve av, også her.
- Kan jeg få se?
- Etterpå skal jeg vise deg, alle sammen.
- Så bra.
- Hva slags inntrykk fikk du av eierne?
- Joachim og Frøydis?
- Ja?
- Bra.
- Vel, du må ikke tro alt det gode om dem. Det finnes mer bak
  disse personene enn det som sies av det positive.
- Hva mener du?
- Denne plassen er riktignok en tumleplass for sånne som meg, i mangel av
  noe bedre så godtar de fleste vilkårene, men det er ganske råe vilkår.
- Som?
- Delt opphavsrett på alt vi skaper. Det vil si at alt vi lager og produserer
  bare delvis eies av oss selv. I tillegg til å håve inn kronasje for oppholdet
  så tjener eierne 50% på alt vi tjener. Det tilsvarer 50% ekstra toppskatt,
  eller at man jobber gratis mer enn halve året som i en kommuniststat.
- Men tar dere skade av det?
- Skade, kanskje ikke, men det er ikke få kunstnere av variert
  slag som har lagd noen av sine beste verker her på øya.
  Fått gjennombruddet og det tjener eierne grovt på. Skaper
  renomme og forespørsel for andre til å komme hit også.
- Høres ut som en bra forretningside.
- Nettopp, det hele bunner ut i forretninger og ikke
  i kunst. Det irriterer meg noe fryktelig.
- Men Aslak, da, ikke bli så innbitt, bare legg det fra
  deg. Jeg er jo her, nå skal vi ha det moro.
- Ja … om forlatelse.

Det er mer som irriterte Aslak om Joachim: det faktum at han har Frøydis, den peneste dama på øya, ja, en av de peneste damene han har beskuet. Så vakker at det smertet bare å tenke på det, men han skjønte godt at det passet seg ikke å la sinnet flyte over og han rodde seg inn i roligere farvann.

Det banket på døren. Det var en søkkvåt DJ Oracle som rømte inn fra uværet der ute. Hun var tydelig overrasket over Aslaks besøk og prøvde å forsvinne igjen, ubemerket uten særlig suksess. Det tok ikke lang tid før hun satt ved bordet og delte brød med de andre. Tross den enkle pådekkingen føltes det som et luksusmåltid.

Deretter delte hun med de andre, et dikt, ferskt, nyskrevet den morgenen. Hun siterte det med sin nydelige, nynnende stemme så selve stillheten holdt pusten i andakt.

«**Dream**
Grønn soloppgang.
Rosa soloppgang.
Oransje skinn.
Vakkert,
over hav og fjell.

Alvor og sannhet.

Pilgrimsferd i ditt eget liv,
tar over vandringsstaven.
Plaster på såret,
alt gror og blir godt.

Grønn stein.
Grønt skinn.
Månestein.
Måneskinn.

Perle.
Havets gleder.
Naturens overraskelser.
Indre ro.

Gavepakke,
skynd deg langsomt.

Skynd deg lykkelig.

Veien videre, med lette sko,
lette trinn, nynnende.
Vakkert og godt.»

I seg selv var diktet kanskje ikke det beste, men måten det ble framført av øyas nest peneste jente fikk de andre til å måpe. Oracle smilte, lo og fortalte fortrolig at hun hadde tenkt til å bruke det som åpning på det neste albumet sitt. Dessuten planla hun å framføre det sammen med musikk på festen på lørdag.

Aslak spratt opp en flaske med rose-sjampis. Randi merket at Aslak var mer oppglødd nå som DJ Oracle var her, hun ble stukket av misunnelse. Det var urettferdig, hun hadde jo de største brystene. Så på piken ved bordet, hvor skjønn hun var, utstråling som sugde menn til seg. Randi skulle til å gi henne det onde kvinneøye, men besinnet seg, oppdaget plutselig at det ikke var noen grunn til misunnelse. DJ Oracle ante ikke noe om situasjonen, hun var oppslukt av seg selv – en strålende, egosentrisk kvinne.

De nøt champagnen og hadde en fantastisk frokost.

Idyllen skulle ikke var evig, vokterne som vokter vokterne faller alltid til slutt.

Det var Helgas venninne Juliana som styrte flyet. Hun var mer enn en venninne, hun var et race, ei eventyrkvinne, ei hulder som aldri ville temmes, men mest viktig og hovedgrunnen til at hun hadde lurt Helma med seg i flere tusen meters høyde, ei elskerinne.

Det behaget Juliana å følge sine egne regler, sitt eget spill. Flyvemanifestet viste en rute som ingen hadde tenkt å følge. Istedenfor fulgte hun sitt hjerte, et hjerte som førte dem til steder ingen visste hvor var og omsider inn i en sky av mørke, av uvær, blest, kulde og regn.

De så ingenting og selv om flyet var innredet med utstyr for blindflyvning, hjalp det lite. Rutene frøys til, instrumentene gikk i villrede. Cessna-en som bar det lite treffende navnet «Spitfire» humpet som tidenes mest skremmende spøkelsesferd. Helma hutret og Juliana spyttet oppviglersk. Nektet å godta nederlag.

Juliana, denne spinkle kvinnen, ville vinne mot naturkreftene, hun bannet og skrek. Sloss mot flyet, sloss mot været, sloss mot Helmas frykt. Hun eide ikke nerver. Mennesket er sterkere enn alt, kan slå alt, vinne. Etter en time måtte hun medtatt innrømme at hun ikke ante hvor de var eller hvordan de skulle komme i sikkerhet.

Været tvang dem sakte men sikkert nedover i en usynlig spiral mot undergangen. De visste at de skulle dø, det fantes ingen vei utenom.

Nede ved stranden løp en liten unge langs vannskorpen, hoppet på steinene. Lett som et barn skulle være. Trosset regnværet. I hendene beskyttet han en Siemens mobiltelefon. Tiden var ennå ikke moden for at barn hadde sådant leketøy. Han stirret mot skjermen som stille skrek: «Ikke noe signal».

Det er meget rart som skjer med et individ når det har nådd vissheten om at slutten er uunngåelig. Juliana fornektet alt, sloss mot spakene, instrumentene, kreftene, været – mot alt – i desperat kamp om å finne en utvei.

Helga lente seg tilbake i resignasjon, selv tiden stoppet nesten opp. Brøkdeler av sekunder varte som evigheter, hun sank ned i setet på tross av at de ble ristet og slengt til alle sider. Det var selve dødstyngden som holdt henne rolig, fast, dypt i setet.

Livet hennes passerte i revy, ikke på den måten som alle alltid snakker om, løst og ledig, om at alt bare for forbi. Nei det var en annen slags revy, ting som hun hadde glemt, enkelte hendelser stod foran henne som om det skjedde akkurat der og da, på nytt, men hun kunne ikke endre noe. Hun måtte gjennomleve disse øyeblikk helt på nytt.

Det var vonde øyeblikk med hennes mor og far som ikke forstod noe som helst. De som representerte selve gudene i en familie, solen og månen, hennes foreldre såret henne – gang på gang – hun levde i den tro at det var hennes feil – hun som ikke var god nok. At hun, det lille nurket ikke dugde, hun var det sorte fåret, hun måtte gjemme seg inne på rommet eller ute i skogen, alene og gråte.

Desperate tårer av å ikke være elsket av de eneste som skulle det.

Flyet hadde ikke lenger noen anelse om hva som var bak og fram og kretset rundt og i hvilken som helst retning som det fant best der og da.

Hun forstod og inderlig vel at kunnskap er ikke noe som bare kan meddeles i ord, bokstaver, nedtegnet i en bok, all kunnskap er en kombinasjon av fysisk, psykisk og åndelig forståelse. Derfor blir vi så underlig fattige i vår kommunikasjon når vi sitter der og veiver med hendene og tror at bare man sier de riktige ord så kommer budskapet fram.

Separasjon og ensomhet er bare noe av utslaget av mangel på forståelse av selve kommunikasjonskunsten. Det skal ikke være enkelt å leve, men sannelig er vi ofte flinke til å komplisere sakene videre utover det som er nødvendig.

Revyen hadde ankommet nåtiden, men den stoppet ikke opp, den fortsatte framover i tid, hun opplevde med detaljert klarhet ting som ikke hadde skjedd ennå. Det var rett og slett litt morbid å se seg selv i spesielle situasjoner med mennesker hun ikke kjente, eller noen gang hadde kjent.

Samtidig dukket det opp bilder i hodet hennes fra en svunnen tid, selve Atlantis, hun så seg selv dekket i seremonielle klær, hun var av prestestanden, en av de øverste, ypperste, mest ærete. Hun deltok i en dødssessermoni. De visste at døden ikke var slutten, men simpelthen en videre reise for sjelen til et nytt liv. Det var glede – ikke sorg – som preget situasjonen.

Hun smilte. *Dette er kanskje ikke så ille likevel.*

De fant en glipe av håp, flyet fant en lomme av rolig væren.

Birger satt ved det lille trebordet som fulgte med hytta og studerte et kart over øya. Små snork kom fra Kenneth som lå sammentrukket i overkøya. Det var ikke noe videre nytt, han lot seg ikke bry nevneverdig med det.

Øya hadde form som en ruglete halvkule. Mye større enn det han hadde antatt til å begynne med. Ved den sørlige kysten var havnen som de hadde ankommet og spredd rundt om den var turisthyttene – som vanlig noe tettere enn hva man skulle ønske. På vestsiden fantes det noen sporadiske bygninger som tilhørte øyas minoritet, de vanlige fastboende.

Ved første øyekast kunne det se ut som turisthyttene hadde den beste plasseringa, men midt på øya. Med store områder både til øst og nord var «El punto del Sol» og navnet var kanskje ikke så dumt, for nordafor var det fjellformasjoner. Tok man et kikk med geografiske øyne ville man snart se at området var som smidd ut av en fantasifortelling. Når området rundt hadde dårlig vær, ville likevel nesten alltid multikunstnerpensjonatet ha bedre vær, ja ofte helt fint; en plass med evig sol.

Kenneth våknet brått, rullet ut av senga i sjokk og falt med et brak på gulvet. Det var ganske uvanlig for Kenneth. Han kom bort i en bunt med saker og ting. Ei vakker, halvnaken jente kommer inn i hytta. Nydelig, bare kledd i enkelte røde tekstiler.

- Åshild?
- Hei, darling, skal vi leke?

Kenneth er fortumlet, han har aldri sett Åshild med så lite klær før, riktignok designet han henne i utgangspunktet til å være deilig, sexy og småfrekk – men aldri som dette, men mest av alt så skjønte han ikke hva Åshild gjorde her på øya.

- Birger, du har vel ikke en finger med i spillet?, spurte Kenneth.
- He he, jeg tok vare på den gamle versjonen når du oppgraderte,
  så tok jeg meg den frihet til noen ytterst små justeringer.
- Din rasstapp!
- Men ikke nok med det, jeg har synkronisert kunnskapsbanken
  hennes med Åshild på jobb, med andre ord er hun
  helt på banen når det gjelder de siste saker.
- Birger, du er sleipere enn jeg trodde …
- … Men gutter da, slutt å krangle sånn, jeg kan klare dere begge, jeg, brøt
  Åshild inn.

Åshild var Kenneths virtuelle privatsekretær. Han hadde importert henne fra
Amerika basert på noe av det ypperste innen AI og holografisk teknologi. Hun
hadde kostet en formue både første gangen, og da han hadde oppgradert henne.

Samtidig hadde han aldri tvilt et sekund, Åshild var det beste kjøp han hadde
gjort noen sinne. Ei sexy sekretær som aldri klaget, som alltid hadde tilgang
på evige mengder med informasjon, og som aldri trengte trøst eller veiledning.

Åshild var perfekt. Denne versjonen av Åshild var i tillegg noe vel freidig og
lettkledd, noe som distraherte ham fordervet. *Åshild ville aldri bli den samme
igjen.*

Guttene fortalte Åshild om de siste dagers utvikling eller mangel på sådan, om
mordet, om intervjuene, og om Kenneths brudd med Karianne. Birger unnlot å
fortelle om sin fantasi om Lotte og Lotta.

«Når presten sier det med onde dager, *tenker de fleste: det*

gjelder ikke oss.»

De var midt oppe i det, en heftig diskusjon, som ingen av dem visste hvor kom fra eller ville hen. Han var bare utrolig sliten, slapp og lei og orket ikke engang å snakke, men gjorde det likevel, snakket, argumenterte og skrek.

Hun ville ikke gi seg på det punktet, så han ga seg, men det var heller ikke bra nok. Ingenting var bra nok. Han lurte på når ting hadde gått så galt at de hadde havnet her, hvor de kranglet bare for krangelens skyld.

Han stoppet opp et øyeblikk, hevet hendene opp til solar plexus, foldet dem sammen som en munk.

- Hvordan var det at alt det gode vi hadde plutselig forsvant og det eneste vi ser ut til å bedrive tiden med nå er krangel som fører til mer krangel?
- Vi krangler ikke.
- Skal vi krangle om at vi krangler nå?
- Vi krangler ikke.
- Jeg ber så inderlig, så inderlig om at vi må finne veien ut av dette, tilbake til det vi hadde, eller noe nytt. At vi kan samarbeide igjen, samarbeide om noe godt.
- Men du er jo ikke religiøs, hvorfor ber du?
- Bønn trenger jo ikke nødvendigvis være noe religiøst, bønn kan jo også fungere som coaching eller fokusering, som sjelens pust.
- Hmm, jeg er enig, la oss slutte å krangle og prøve å samarbeide.
- Jippi! Jeg tar en bønn: Rens våre hjerter. Forny vår rolige samvittighet. Gi oss håp, igjennom spirituell kraft. Må vi være av dem som hjelper verdens

gang mot perfeksjon. Hjelpe og guide oss igjennom våre sanne gjerninger.

Det ble stille, i stillheten virket de begge som om de var synlig visere enn det den forestående passiaren ville tilsi.

Del E

Marian

«Statistikken er klar: om de ting som hender oss i livet

hadde vært tilfeldigheter, da er det mer sannsynlig

å vinne førstepremien i lotto hver helg.»

Som et under i seg selv, hadde de funnet en bresje av fint vær i ly av stormen. Bakken var faretruende nærme, men som mirakel nummer to tonet en flat strekke av vei seg foran dem. Juliana dro i spakene så det skrek i flyet som samtidig prøvde å rette seg opp og snu seg for å opplinjere seg for landing.

- Du husker hu fra i går?, spurte Porno.
- Var en bra runde, ikke dum ide å reise her på ferie, svarte Pervo fornøyd.
- Hu er pornostjerne, Miss Starlight.
- Hva, hvorfor sa du ikke det i går?
- Huska det først nå.
- Nå? Du som er selveste Pornokongen?
- He, jepp, hun er mindre kjent, B-skuespiller.
- Alle pornostjerner er B.
- Nei, nå må du gi deg, du har så liiiite peiling.
- Herlig, vi har hatt omgang med ei pornostjerne.
  I like it. Jeg kjenner en sterk eim …
- … av fitte, sier begge i kor.
- Hu heter egentlig Hanne et eller annet, jeg leste en gang et intervju om a
  i et mindre kjent blad. Hu eksperimenterer med mye forskjellig droger.
- Narkis?
- Noe i den duren, men jeg vil ikke kalle det veldig tradisjonelt. Når hun
  driver med filmsesjonene sine, pleier hun å være stein, i en helt annen

verden. Overfølsom, så følsom at hun nyter skuespillerjobben på en helt unik måte, hun er som i en annen dimensjon, følsom, deilig og flytene. Mens svære, stygge karer med rare barter og grimme flir dæljer på ha på alle slags heslige måter – svever hun i en døs av nytelse.

- Fett.
- Det er ikke rent sjeldent under filmene at hun har de heftigste og utsvevende orgasmene som kan vare i mange minutter ad gangen. En gang så kom hun så heftig at hun vibrerte i nesten en time.
- Wow, klasse!
- Men, som det sies ofte om oss menn, bryr vi jo oss fint lite om kvinnenes nytelse, og de mennene som driver med naturfilmproduksjon er jo ofte ikke av de med mest i topplokket, som oftest, noe som er gørrsynd egentlig, så de klipper bort eller ned orgasmescenene hennes.
- Ahh, det er jo teit da, damer som kommer er jo sexy.
-Yeah , antagelig ville hun vært med på A-laget om ikke hennes beste scener hadde blitt forkastet, ofte også mistet, siden det sjelden er en «directors cut» av porrfilm.
- Ja, menn er sånn noen ganger, orker ikke å gå lenger enn skin-deep. Som når ei jinte lyser av vemmelse og gråt, men sier «Jeg er glad i deg.» så tror mannen på det. Gidder ikke, skjønner ikke at det ligger mer under det.
- Så sant, klart det gjelder ikke alle menn, selv om det noen ganger er greit å slippe å være særlig dyp.
- Men damer har rare ting, de åssa, da.
- Yeah, det kan du si. For eksempel, forstå dem kan man aldri.
- De er ofte så styrt av følelser at de ikke har kontroll over seg selv. De kan få følelsesmessige utbrudd om de merkeligste ting. En sørgelig historie, noen fremmede på gata. Men når kjæresten deres prøver å komme med en gripende historie, forklare om noe som betyr mye for ham, så kan de være stein kalde, sårende.
- Ja, det skal være sikkert, svarte som steinbiatches.
- Men jeg tror ikke de mener det, de er ofte bare slaver av vaklende følelser. Akkurat som menn burde i det hele tatt lære seg å føle så trenger de å lære seg kontroll og release av følelsene.
- Vise ord, Pervo, skulle nesten ikke tro du hadde det i deg.
- Vel, glimter til en gang i blant.

Marian hadde syslet rundt på bakeriet der hun fortsatt følte seg noe fersk i gamet da en merkelig, men karismatisk person freidig hadde spurt henne om de hadde de beste paier også i spesialversjon, det ville si «med urter». Hun hadde ikke skjønt hva han var ute etter til å begynne med, men etter hvert skjønte hun hva han ville. Han ville ha spacecake, en trip, en tur til månen.

Hun måtte høflig avslå og si at sånt var ikke lov til å selge, mannen hadde ikke gitt seg og sagt at det ikke trengte å være offisielt. Om hun kunne lage en spesielt til ham? Han hadde lagt igjen et nummer og en adresse.

Det var fredag og familien var borte, ektemannen tok med barna til sine foreldre. Hun var blitt hjemme fordi hun følte seg noe utbrent og hadde et umettet behov for hvile, søvn og latskap.

Latskapen utartet seg til et røykfylt, sparsommelig hotellrom der hun delte en diger kake porsjonert for fem personer sammen med Joachim. Det var godt og deilig, men lite skjedde. De satt der og snakket løst og ledig, delte et par øl. Men virkningen av det grønne uteble, sådan hendte det at i et tidsrom på fire timer så var det bare smuler igjen. Smuler og en lett ølrus.

I den femte time slo det til som en vegg, en vegg av deilig utflytende døs. En vegg av lykke og glede. Endorfinene var overiltre, nærmest like lykkelige som sine produkter. Reaksjonsevnen deres var treg, langsom. Begge nøt lykkefølelsen. De var hos appelsinenene, solen, månen, Aloe Vera-planten, sjokoladen og minst mulig til stede i hotellrommet.

Det var denne kvelden Joachim hadde overbevist henne om å ta seg seks måneder permisjon fra jobben for å komme til Solpensjonatet sitt, langt ute på en eventyrlig øy. Hun ville få jobben som gartner (han hadde fått nyss om hennes botaniske fortid, den som hun gjerne ikke nevnte). Hun ville ikke få et øre i betaling, men dekket reise, utgifter, kost og losji og en viss sum penger til nødvendige artikler. Hun følte seg nærmest som hun befant seg i profetiene om regnbuekrigerene.

Det hadde virket som en herlig ide der og da. Hverdagen tilbake med mann og barn, hverdagens mas, artet seg ikke som det samme lenger. Hun hadde slått ideen fra seg som festfantasier, men den dukket tilbake i tankene hennes fra tid til annen.

I de tider følte hun seg ofte noe sliten og utbrent, en kveld måtte hun med tårene rennende innrømme for sin mann at hun hadde dragning, lyst til å ta seks måneders avbrekk. Mannen forstod så altfor godt, en snill og omtenksom kar. Verre var det å forlate de små, hun orket nesten ikke tanken på å være så lenge uten dem. Men på en underlig måte aksepterte de det, altfor lett, uvitende om hva det egentlig innebar.

Jeroen, hennes sjef, var rasende. Han som alltid hadde vært en gentleman, som hadde en vits og en latter skjult like bak leppene, hoppet opp og ned i irritasjon. Ganske enkelt fordi Marian var den beste han hadde og han var overbevist om at det kunne være bakeriets dødsstøt om hun tok et halvårs avbrekk.

Han tok feil selvfølgelig og da den første angsten hadde lagt seg godtok han også å innvilge seks måneder permisjon.

Det var en kamp mellom fly, naturkrefter og Juliana. En kamp som Juliana skulle vinne. Hele kroppen hennes ble omformet til en forlengelse av roret. I en underlig helvetesdans virret det frosne legemet til svevedoningen mot bakken, det traff den åpne stripen med et hardt dunk og hjulene hvinte uten hemninger.

De kom til å leve!

Tross det bitende savnet som gnagde i henne konstant, men verst om morgenen da hun våknet grytidlig, tross savnet av barna, men også mannen og selv paiene og Jeroen, oppdaget hun en ny verden.

En deilig og rolig verden der bare hun og plantene eksisterte. De snakket med henne og hun bablet tilbake. Dagene passerte bedagelig forbi mens hun tuslet rundt og stelte med jorda, mikrobene, det yrende plantelivet.

Hun var overveldet over stedets frodige vegetasjon, selv om øya geografisk lå i et område som skulle tilsi lite utfoldelse av vegetasjonen, så hadde de tidligere gartnerne skapt ingenting mindre enn mirakler.

Auspisier.

Fenomen som hun ble en del av, mysterier, viten, og en flora som hun ble den utnevnte leder av, the big mama, som var hennes, på lån, i seks måneder. I tillegg til plante- og busklivet fikk hun også ansvaret for dyrking av grønnsaker og frukt.

Selv om hun hadde ansvaret, hjalp alle de andre beboerne til, på frivillig basis, både med det vakre og det som kunne konsumeres. Faktisk var det en underlig populær syssel blant solpensjonatets innbyggere å delta. Kunstnerne pleide å få en merkelig ro og inspirasjon etter en dag med hender stukket langt ned i jorda.

Marian nøt det, hun elsket det, hadde hun ikke savnet barna, visste hun at hun ville ha blitt der for alltid. En kveld da hun hadde stelt med et underlig pæretre som produserte noen av de beste pærene hun hadde smakt i sitt liv, hadde Frøydis spasert bort til henne.

- Fin aften, ikke sant?

Der hvor hun stod bak treet og beskuet bestyrerinnen mot en bakgrunn av solnedgang, som en dårlig klisje, bare at alt var ekte, ble hun helt oppslukt av hennes skjønnhet. Frøydis var om mulig øyas vakreste jente, hvis man da så bort fra hennes datter, Selene. Hun var til de grader nydelig og samtidig så autoritær at menn ofte ikke klarte å se henne direkte inn i øynene før etter de hadde blitt bedre kjent med henne.

Det var ikke rent få av de samme menn som fantaserte i sine stille stuer og avkroker om å få seg en natt, et nyp, med denne kvinnen. Noe som for alltid ville forbli hemmelige fantasier for alle bortsett fra *en*.

Det som slo Marian var at Frøydis, selv om hun var sterk og vakker, var på langt nær så omgjengelig som Joachim. Hun valgte dem hun omgav seg med med omhu, de måtte godkjennes først – hvilke kriterier som skulle til for å kvalifisere, var ikke alltid godt å vite.

- Ja, det er rent nydelig, svarte Marian.
- Det var Joachims drøm dette her, alt er skapt i hans bilde, plassen,
  menneskene, mysteriene, miraklene, selv jeg er en del av hans drømmebilde.
- Du da? Er ikke dette en del av drømmen din?
- Misforstå meg ikke, jeg elsker min mann, elsker plassen og dette livet. Det
  er enestående, noe som jeg manglet før jeg møtte ham. Men det hele skapes,
  formes i hans bilde, ikke i mitt. Jeg lar det være sånn fordi en god manns
  ledelse gagner oss alle, og mest av alt meg.

Marian forstod ikke hva Frøydis mente, hva hun prøvde å formidle. En sårhet, en glede? Hva?

- Som du vet, så er alle beboere her på rundgang
  bortsett fra jeg, Joachim og våre barn.
- Ja?
- Du elsker denne plassen, sant?
- Ja, den er fantastisk!
- Men du kommer likevel til å forlate den når din tid er
  omme, med et evig, vakkert minne og søtt savn.
- Ja?
- Det var ikke du som valgte å komme hit, det er ikke du som tar beslutningen
  om å dra, det er *han* som bestemmer.

Marian hadde ikke noe svar, det fantes en underlig, sart sannhet bak disse ordene, det ble ikke sagt noe mer mellom dem. De stod der og nøt kvelden, vinden og det siste av solen, før Frøydis møysommelig tok farvel og forsvant.

83

Pæretreet i solnedgangen ble etter hvert gjenstand for mange gode konversasjoner som denne. Marian fikk innblikk i et komplisert liv, et liv før «El punto del Sol», et liv fylt av smerte og ensomhet. Den type avsondrethet som i bunn grunner ut fra usikkerhet og rådvillhet.

Disse sene passiarene fortonet seg i horisonten som et kunstverk av et maleri.

Hun var blitt akseptert som venninne av bestyrerinnen.

På nettene leste hun «Women's Island» av AshleyNicole Shelton.

Det som så smått hadde startet som en uskyldig frokost, hadde utviklet seg til det rene kalas. Et kalas med tre mennesker hvorav DJ Oracle var det naturlige midtpunktet. Hvor alkoholen rant ned i ganene i et tempo som bare kunne føre en vei, mot skrenten av et sted hvor det ikke lenger finnes noe fornuft eller moral.

Den kjente soloartisten og disk-jockeyen ble oppmuntret av Aslak og Randi til å synge noen av låtene sine. Hun hadde mang en erfaring fra scenen, fra å være midtpunktet, likevel var hun unnvikende, da de fleste sangene hennes var preget av et sammensurium av produserte lyder, instrumenter og frekvenser.

Der de satt, var det i motsetning intimt, lite og bare hennes stemme til å fylle ut tomrommet. Riktignok hadde hun kommet inn for å få respons på sin nyeste låt, men det var annerledes, det var råmateriale som hun var usikker på. Hun trengte feedback, tilbakemelding om det hun drev på med var noe riktig. Som kunstner visste hun hvor vanskelig det er å vite om skapelsesprosessen går i riktig eller feil retning.

Sjampisen, den rosa, så senere to flasker vanlig sjampis, fikk henne til å slappe av og snart lot hun hodet lene seg sakte bakover og stemmen flyte fritt.

Om hun virkelig var et orakel kan nok diskuteres. Hvorvidt hun kunne gi svar på så mangt og meget, både av skjult viten og framtidens lurende natur var nok ikke så meget et spørsmål som et ikke faktum.

Men et mirakel var hun.

Luften som presset seg ut av hennes fyldige lepper, hadde en levende glød som bare få sangere mestrer. Rommet ble pressende stille bortsett fra hennes små yndige hyl. Det var en sang fra hennes noe misforståtte og ikke fullt så populære debutalbum. Studioversjonen ble spilt med strykere, en lys men trist gitar og enkelt gitararrangement.

Denne gang ble den dystre låten kun båret av hennes skjønne stemme og Aslak som slo rytmene med fingerneglene på bordet:

«I feel you,
in the darkness.
I feel you,
in the darkness.

When I wander in the shadows,
I´m with you.

But when it´s dawn
and the sun shines
everywhere:

I´m all alone,
all alone.

I don´t wanna be
lonesome anymore.
I don´t wanna stay
alone ever again.

I see you,
in my dreams
I see you,
in my nightmares.
When I swim in the dark waters:
I´m with you.

But when the day raises
with rays bathing
on everybody:

I´m all alone,
all alone.

I don´t wanna be
lonesome anymore.
I don´t wanne stay
alone ever again.

Never again,
will I feel the loneliness.
Never again,
will I wake up.»

Det hele ble avbrutt av et fryktelig brøl, et kadaver av lyd og spetakkel som brøt igjennom lydmuren.

Det var noe, noe av forferdelig karakter som skjedde utenfor!

Med et var det som om promillen i blodet fryste til, de kastet på seg det lille de hadde av nøkternhet og løp ut etter lydene. Der ute så de en underlig doning, et Cessna, et fly som rullet, raste bortover veien.

Det hele virket uvirkelig. Usannsynlig på det beste, rosa elefanter hadde vært mer passende.

Kenneth hadde et rush, et behov som strakk seg dypere enn et hologram av ei jente, som Birger hadde strippet av nesten alle klærne, dypere enn å finne ut av hvem som hadde gjort hva med hvem, behovet var direkte der og da: han måtte ha røyk, og det *nå*.

Han løp ut av hytta og startet en desperat jakt fra person til person, fra hytte til hytte. Igjen var det samme person som kom til unnsetning. Inne i hytten til Hanne og Erlend så slengte Hanne en 20-pakning til ham av de samme fæle greiene han hadde fått før. Det var bedre enn ingenting. Han enset ikke rotet der inne, at de ikke hadde fått kledd på seg skikkelig ennå, og ikke minst, spiritismebordet.

Han bare satte seg ned, sprettet desperat opp pakningen, men før han fikk tatt ut den første sigaretten var en halvnaken Hanne over ham. Tok tilbake sigarettene, tok ut en fra pakken, snudde den og satte den tilbake. «Sånn, det er lykkerøyken, den tar du til slutt» beordret hun.

Kenneth smilte, nesten som en fjortis, tenkte han. Han likte det, fikk tankene hans noe vekk fra suget, som stilnet da han plutselig hadde en kistespiker spikret i kjeften og lot nikotinen sile ned til lungene.

«Du er den store detektiven, da, han som skal finne morderen?» spurte Erlend tydelig sarkastisk. Kenneth unnlot å la seg berøre av det og svarte rolig «Jeg var detektiv en gang i tiden, kanskje ikke så mye som på film eller i bokform, men jeg har nå funnet en og annen bortkommen katt og hund ja …»

Med disse ordene var stemningen litt roligere, det var latter, Erlend og Hanne unnskyldte seg mens de fikk dekket seg til med noe provisorisk tilkledning. «Men har dere kommet noe lenger i etterforskningen?» spurte Erlend igjen. Kenneth måtte ærlig innrømme, som sant var, at de befant seg i et vakuum, en stillstand, om ikke noe utviklet seg, ville de bli uten videre bevis til de fikk kontakt med fastlandet igjen.

«Jeg tror det har noe med saken å gjøre, hele mordet altså, at det skjedde på båten hit sånn at det ville ta en uke før man kunne få varslet myndighetene», foreslår Hanne. Erlend følger opp, «Ja, kanskje den skyldige har tenkt til å stikke av fra Øya med båt eller noe, kanskje han har gjort det allerede?»

Kenneth syntes det var en interessant tanke, lovte at han skulle ta den til etterretning, for så å forlate dette emnet til fordel for noe annet: «Dere vet hvordan det ikke lenger er vanlig å ha TV-reparatører i elektronikkbutikkene? Hmm, vel, i det siste er det en liga som har utnyttet seg av dette, de kommer inn i en butikk, tar en flunkende ny TV, legger et dårlig, noe slitent pledd over den og går over til betjeningen.

De spør den i flere tilfeller noe urutinerte personen bak kassen om de utfører reparasjon på TV, noe de godt vet ikke er tilfellet, for så å forlate butikken noe rikere enn de ankom den. Genialt, spør du meg.»

Kenneth ble avbrutt av at døra ble revet opp og der sto Karianne, med mysende, ulme øyne. Det var sigarettsneipen som skjevt hang ut med en lysnede glo som fanget oppmerksomheten hennes.

«... Faen ta deg, Kenneth, faen ta deg!», det var harme i stemmen som Kenneth aldri hadde hørt maken til. Riktignok hadde de hatt sine krangler med hverandre flere ganger tidligere, ja, faktisk omtrent brudd på forholdet, men dette var annerledes. Dette var en harme, et hat som han aldri hadde følt før – vissheten om at han allerede hadde tapt, gnaget på ham.

Målløs satt han der, smattet på sneipen så gloen lyste opp. Karianne gikk, med brede skritt, målrettet bort til ham og klapset han med håndflaten rett i kjeften så røyken svinset av sted i rommet og havnet på blusen til Hanne.

Hanne veivet med hendene, men gloen hadde allerede brent et fint, lite hull før den ble bragt til taushet. Karianne var allerede forduftet og Kenneth følte seg totalt alene, igjen. Heldigvis var ikke så tilfellet og de to andre tok seg av ham og skjenket ham vekk fra smerten og inn i gleden ved hjelp av to flasker whisky.

Litt utpå kom også Porno og Pervo innom, de hadde med både gin og tonic så

fortsatte det lystige laget ut i de lange timer. Hanne viste ingen kjennskap eller tegn til det som hadde skjedd mellom gutta tidligere.

«Den evige søken etter svarene, alle svarene som kan gi deg

ro, er like forgjeves som jakten etter evig liv.»

Den brennende flammen fra stearinlyset flakket mer enn tidligere. Vinden hadde tatt seg opp, selv her inne i det mørke rommet, fylt av bøker, tonnevis av bøker.

Jeg lette febrilsk etter et svar, et svar på et spørsmål som hadde gnaget på meg hele livet. Det begynte å bli kaldt, jeg trakk om meg den gysegrønne frakken, lot hodet synke langt inn i hetta. Om noen hadde sett meg der, hadde de bare sett frakken og en mørk skygge inni.

Mon tro hva de ville trodd? At jævelen selv satt der?

Ikke det at det brydde meg, jeg trengte bare en ting, en bok, et svar.

Jeg fant ikke det jeg lette etter, men ble brått oppslukt av noen ord i en annen bok:

«Ditt personlige verdensbilde.
Om ikke alt, så veldig store deler av det du har lært, blitt fortalt – til syvende og sist din subjektive forståelse av verden, ditt liv, rett og galt kan byttes ut med noe helt annet og fortsatt være like riktig som det du har nå. Tenk på det, det finnes et utall av eksisterende systemer som du har blitt innlært. Det kan være trossystem, samfunnssystem, lover, normer, regler, osv. Hvis du kikker deg rundt (med åpne øyne), vil du se at det finnes mange flere enn dem du har omfavnet, og selv innenfor dem du har omfavnet, vil det finnes forskjellige retninger for tolkinger. Så hvordan kan det ha seg at du er så inderlig sikker på at du har rett?

For eksempel: I et land kan det være noe som er lov som er direkte ulovlig i et annet land, vil du påstå at det ene er mer riktig enn det andre? Antagelig så er svaret ja, men hvorfor finnes det da et sådant mangfold av systemer, lover og regler. Ta gjerne med de som har eksistert før i tiden og ikke minst tenk på at det kommer til å finnes mange (nye) også i fremtiden.

Istedenfor å tro at du alltid har rett, så tenk heller på dette: Hva om du tar totalt feil? Se ting fra det motsatte ståsted. Omgå deg med mennesker som er helt uenige i dine meninger. På den måten vil du få innblikk i variasjon, i mangfoldet. Kanskje til og med innse at du til en viss grad kan påvirke ditt personlige verdensbilde i den retning du vil, og ikke som det ofte er: være offer for hva andre har påvirket deg.»

Et vindpust, fulgt av flere. Flammen, lyset døde ut, det var med ett mørkt som i en grav, lukten av gamle papirark trykket seg mot neseborene. Merkelig hvordan duften av cellulose utvikler seg i konjunksjon med tiden.

Heldigvis var han ikke alene, han ropte, på henne. Etter en stund kom hun inn med en brennende lykt i høyre hånd, i det flakkende lysskjæret kunne man skimte to grønnlige silhuetter som beveget seg inne i rommet...

Del F

Visjoner

«Hva ville du ønsket deg om du kunne få et

ønske oppfylt uansett hva det var?»

Ei marihøne, et av ursymbolene på hell og lykke, klatret over fingrene hennes. Pronotum åpnet seg et par ganger og vingene vibrerte sakte som om insektet hadde tenkt til å fly av sted, men besluttet likevel å krabbe videre til neste finger. Hun tellte prikkene, sju ønsker hadde hun fått.

Det kjære landet hun kom ifra, Nederland, var ekspert på planter, frukter, blomster, i det hele tatt alt som trives nede i jorda. Over århundrene hadde landet forfinet og kryssprodusert frø til å få helt nye og ønskede egenskaper. Det var en møysommelig prosess som det noen ganger tok mangfoldige generasjoner før man oppnådde det ønskelige resultat, eller som oftest var, noe helt annet – noe overraskende, nytt.

Men det var noe feil med metodene de brukte, de var nihilistiske, de tok ikke hensyn, de var ødeleggende, de tok ikke helheten med i bilde. En agurk ble produsert (dyrket) på en dag ved hjelp av kunstgjødsel. Agurken består av 97% vann, eller da i realiteten omtrent 97% kunstgjødsel.

Altså en grønn sak som verken har smak eller er sunn lenger, og sånn var det med alt som ble masseprodusert inkludert kjøtt og fiskevarer. Alt for å dekke et voksende marked, alt for å ha store supermarkeder over hele kloden fulle av mat for å møte den voksende etterspørselen etter godsaker. Men lite visste eller forstod kundene om at det de kjøpte var en løgn, tilgjort mat som til syvende og sist ikke lenger eide de egenskapene man var ute etter.

Hun hadde aldri forstått det tidligere, før hun var her på øya. Her hadde hun lært så mye nytt som ga henne en ny forståelse av hele livet, og en perfekt indre ro. Som hun ønsket at ektemannen skulle kunne dele dette med henne. At barna kunne få overta alt det hun visste. Om ønsket var der i hele henne var også vissheten om at de aldri ville forstå, fostret opp av et moderne samfunn, ignorant som det samme samfunnet – det ville alltid fortone seg som et gjel mellom dem.

Hun ville bli en fremmed når hun kom hjem.

På øya hadde hun kombinert all sin tidligere kunnskap med det nye hun hadde lært og aldri hadde frukt og grønt hagene blomstret så nydelig som under hennes regime. Solpunktet var det rikeste stedet hun noensinne hadde sett. Mangfoldet i floraen, i matveien var unik, det fantes plantevekster fra hele kloden, som koste seg som om de var lokale helter. Innenfor pensjonatets gjerder fantes det ikke tradisjonell valuta, det var et Utopia der alle hadde mat, arbeid og sysler.

Sammen med en annen gartner, en australier som hun likte godt, selv om hun aldri forstod et kvidder av hva han sa, var de i perfekt harmoni og kontroll over alt som grodde og vokste. Det ville ha vært altfor mye arbeid å håndtere for de to alene, men alle som bodde der tok sin tørn og slo i et spadetak.

Det ble ikke definert som arbeid, men som adspredelse. Det var en måte å leve på, et felleskap som for det meste gledet alle.

Hun stod og myste på de nyankomne, de to jentene som hadde krasjlandet med småflyet. De andre i rommet var Joachim, Frøydis, DJ Oracle, Aslak og Randi.

Marian holdt seg i bakgrunnen, var mer oppslukt i sine egne tanker, mens Joachim tilbydde de nyankomne gjestene mat og husrom om enn bare til båten skulle reise tilbake til fastlandet igjen. De nye var under ild, en heftig utspørrelsesrunde av hva som hadde skjedd. De tre småberusede var de ivrigste og spurte i vei om de mest banale detaljer. Flyreisen utartet seg snart til en mektig forvridd og imponerende historie om en farefull og eventyrlig ferd.

Helga og Juliana skulle følges av Frøydis for å finne husly for natten, de hilste høflig på Marian på veien ut.

Der var det igjen, syner. Denne gangen ikke i en tunnel, ikke Atlantis, men denne kvinnen som hun holdt hånden til, som hun ikke hadde fått med seg navnet på. I levende live, der, fikk hun en visjon om noe som skulle skje allerede samme uke:

«Fest, mange mennesker, glede. Hun tok med seg Marian (hun visste navnet likevel) bort fra festen. Bort til hytta til Marian. Hytta var fylt med underlige lukter og dufter: Jasmin, lavendel, gulrot, kiwi, papaya og en del andre som hun var usikker på.

Vanligvis ville alle luktene skapt kaos i et så lite rom, men det var en deilig, kjølig bris i rommet som rullet rundt og dro duftene med seg som en vakker dans. Helgas følsomhet kjente at det var godt der, trygt. Hun forstod at Marian kanskje ikke forstod og så verden på en annen måte, likevel hadde hun fått heimen til å bli energimessig riktig.

En spirituell tumleplass, hvor de skulle skjule seg sammen.

De satte seg ved siden av hverandre på sengekanten. Lot høyre arms fingerspisser møte hverandre. Lett til og fra. Så ble fingrene ivrige og snek seg over hverandre.

Det var en møysommelig evighet der de strøk over hverandre, utforsket hverandre, lekende, bit for bit, legemsdel for legemsdel. Det var ikke bare en forening i kjødet, men også i spirituell tilstand. Alle klærne forsvant, mens varmen bare steg, det var som de løftet seg ut fra det jordlige og opp i en transe.»

Hun kjente det så tydelig i seg, som om det var nå det skjedde. Hun ble klam der nede. Hun så ikke gjenkjennelse i øynene til Marian. Hun lot hånden hennes slippe sin. Forsvant ut døren mens synene fortsatte:

«Det var en underlig, seriøs stillhet mellom de to kvinnene, mens de lekte med hverandre, lot hendene og tungene utforske og demaskere hverandre – ut på oppdagelsesferd. Begge sensitivt oppmerksomme på hver eneste sammenkomst av deres lemmer.

På tross av at Gud i sin glemsomhet ikke hadde utstyrt dem sånn at de kunne entre hverandre, så snart klærne var borte og de lå der nakne, glinsende av svette, så ble sjelene deres forent som om de var ett.

De lå med tungene omslukende hverandre, klynkende og bedende. Hjertene deres banker, hamrer, slår synkront som om det er ett. De vibrerer og koser seg. Gang på gang løfter de seg opp til klimaks bare for å finne nye klimakser skjult like bak, som opphøyninger på et fjell, som bølger etter en tsunami. Musklene vet ikke hva ro er lenger, bare vibrerer, skjelver i takt med nytelsen.»

«Kampen om tilværelsen kokes ned til individets angrep mot ens egen subjektive oppfattelse av konstant urettferdig behandling.»

Hemmeligheten med god hjemmebrent er to ting: utstyret og rensligheten. Det var altfor mange som slurvet med begge, det førte til den heslige hjemmebrenten som hadde skapt det dårlige renommeet. Når han lagde hjemmebrent, var det noe annet, det var en kunst, en ekte kunstners utfordring. Produktet som kom ut, var enestående, nærmest som ekte kjøpevare, han likte å skryte og si det var edlere. Derav hadde han en innebygd, dyp stolthet av de ikke fullt så edle dråpene som han distribuerte til en eksklusiv gruppe av venner og bekjente, som mer enn gjerne betalte ham litt for bryet. Nok til at han kunne spe på månedslønna med noen verdifulle svarte sedler, på tross av at han mer enn en gang overbeviste seg selv om at han ikke gjorde det for pengene.

Han satt og nippet til sitt siste brygg, hun satt på andre siden av det lille trebordet og hadde nettopp tatt sin første prøveslurk.

- Hmm, den her er om mulig ørlite bedre enn forrige
  gang, jeg tror du jaggu har overgått deg selv.
- Tror du virkelig det? Nice.
- Men du, la oss heller finne på noe annet.
- Som?
- Som en annen type tilfredstillelse, den av kjærligheten.
- Å ja! Uten indre opplevelser betyr ritualene ingenting.

Del G

Natt

«Alle fortjener (minst) en gang i sitt liv å oppleve en femdagers (jordtid) orgie i reising, mat, kjærlighet og selvfølgelig en masse hemningsløs sex.»

Mørket slører seg på over øya atter en gang. Det som fantes av idyll og glede, står i utrygg fare, det er en uro som har boblet fram, snikende og denne natten bare forsterker det vi allerede vet: en morder går fri – det kan være hvem som helst. Men det vi ikke aner, er det som uroer mest. *Hvem vil bli det neste offeret?*

Birger satt der mutters alene, han var slått av forvirring. Åshild bydde lekende fram på varene, men han var ikke interessert. Han tenkte på noe annet, to deilige jenter med lyst hår som han hadde lyst til å dele *ferien* med.

Det var noe feil med hele denne ferien, det skulle være en tid hvor han kom seg vekk fra seg selv, fra dagliglivet – kunne slappe av uten videre seremoni. Han hadde tatt feil, han skulle aldri ha dratt med Kenneth og fruen. Joda, han elsket dem. Kenneth var hans beste venn, men resultatet ble alltid at han levde livet i skyggen av kompisen.

Det var Kenneth som var hovedpersonen, han derimot, var bare assistenten, en ubetydelig *biperson*. Han var sikkert like god, kanskje bedre enn Kenneth til å løse mysterier, gåter og angripe all den kriminalitet som Ramlösa bekjempet. Hvorfor havnet han alltid i bakgrunnen? Når hadde han klart å ha et godt, skikkelig og langt forhold til ei jente sist? Begynte han ikke å bli klar for noe mer i livet, en kvinne, en familie, eller kanskje bare litt heftig omgang med to deilige tvillinger som så ut som de kom rett fra en Steven King/Stanley Kubrick/

103

Jack Nicholson-film?

Det seriøse familielivet fikk han ta oppgjør med når ferien var over, nå var det babes som skulle nedlegges. Han hilser et raskt hadet til Åshild og fyker ut av hytta, bare for å komme tilbake et øyeblikk senere. For å stelle seg litt, ordne seg, kle seg om, gre seg og pynte seg med godduft.

Vel ute nøstet han på en møysommelig plan. Urutinert, hadde han ikke fått med seg hvilken hytte jentene bodde i, så han så for seg alle mulighetene i hodet og startert å utforske en etter en. Han besluttet fort at den direkte metoden med å banke på hver eneste plass ikke ville være optimal siden han da ikke vil være 100% forberedt når han møtte, eller ikke møtte jentene. Dessuten visste han jo ikke om de var alene i hytta si.

Dette gjorde oppgaven unødvendig komplisert og vanskelig, siden han måtte klatre opp på siden av hyttene, langs veggen og heise seg opp til vinduet sånn at han kunne spionere inn for forhåpentligvis å få et glimt av de deilige pikene.

Etter en time med en iherdig innsatsvilje, noe han ikke visste han hadde i seg, var han utslitt, stiv og støl. Det verket i armer og ben. Han ville gi opp, tilbake til Åshild og senga. Tanken på en trekant var i ferd med å fortone seg som en latterlig og unødvendig drøm.

Den neste hytta ga ham igjen blod på tann da han fikk se klesplagg som han dro kjensel på, dette var redet deres, de var ute. Dette var den gylne sjansen han hadde ventet på, for å snike seg inn og gjøre litt forarbeide.

Birger måtte ta en avstikker, en tur for å finne redskap som kunne fungere som dirk. Ikke så rent lite senere stod han desperat og lirket med låsen, dirket. Den enkle mekanismen på døren var lett å lure. Han snek seg inn, forhåpentlig usett.

Igjen lå de der på tømmerflåten av en seng, skulle ut på eventyr for å finne Rapa Nui, påskeøya. Holdt tak i hverandre for ikke å falle ut, men rørte ikke hverandre seksuelt. Han hadde et jern som ville, ville så inderlig vel. Hun hadde sovnet alt, han lå der og kjempet mot bølgene, mot lystene, mot sitt andre hode.

Det var ikke sånn det var ment å være. Det skulle jo være blank match og masse vill sex. Hvorfor gjorde han det da ikke? Hvorfor tok han ikke fordel av henne og tok henne der og da? Nei, han turte ikke. Han ville ikke ødelegge det.

Han ville at det skulle være riktig.

Natten ga ham ikke fred, bølgene ble for store og det ble nesten som flåten gikk rundt. Aslak måtte opp. Han reiste seg, løpte ut, ut i den mørke natten, uten retning eller mening, men med noe som truet opp fra magen, opp i halsen.

Dagens ablegøyer som skulle ut.

Festen ble som den ble, alkoholen gjorde sitt inntog og snart var både Porno og Pervo i sitt ess og fortalte ville, usensurerte historier fra alt de hadde prøvd og opplevd igjennom et kort, men fyllefullt liv. Hanne lyttet til med iver, selv om hun kjente mange perverse menn, som likte å slenge på kølla, så var disse karene noe annet, noe helt unikt innen mannfolk, en slags superheltduo med egenskapene pornografi og perversiteter.

De var råe i kjeften, men samtidig så fantes det egentlig ikke noe vondt i dem, de var som unger, så langt unna mange av disse mennene hun ofte hadde kommet borti, i sin karriere. Menn uten glede, men med lyster og drømmer som var full av destruktiv, mørk energi.

Hun hadde kjent den på kroppen, mange ganger – noen av dem hadde etterlatt varige men, nærmest som små kroppslige antisuvenirer.

Erlend holdt seg litt i bakgrunnen, han ble litt satt ut av alt ståket, kompenserte med å konkurrere med Kenneth om hvem som drakk mest whisky. Hanne undret seg over Erlends tafatthet, han som alltid opptrådte korrekt, alltid visste hvordan man skulle te seg, hva man skulle si, hadde med ett mistet munn og mæle.

Pervo fikk så uendelig lyst til å fortelle en historie:

Pervo: Det er sikkert mange som har hørt vandrehistorien om hu som prøvde med banan i skrittet, men var så dum at ha skrelte bananen først?

Hanne: Ja det var ei venninne av …

Kenneth: … Nei, det var kusina til noen Birger …

Pervo: … Saken er at *alle* har hørt den, og det er alltid noen nærme som har gjort det, jeg og Porno derimot, vi ville prøve selv og se hva som skjedde.

Erlend: Nei fy faen, for noe jævelskap, kan dere ikke la være med sånne slibrige historier? La oss diskutere musikk istedenfor.

Pervo: Ja, men denne historien er skikkelig god, og bananen var god, den au.

Det ble en stille og litt presset situasjon i rommet, før Pervo fortsatte og la ut om Jokke den gangen han mottok spellemannsprisen istedenfor.

Stemningen var på vei opp til en høyde der alle fikk tunnelsyn og konverserte med hverandre, lo – der var de i timevis.

Det var jo bare naturlig at Erlend slokna etter hvert. Kenneth forsvant helt plutselig uten at noen visste hvor det hadde blitt av ham. Porno og Pervo var ikke vonde å be, de begjærte videre utforskning av stjernehimmelen, Miss Starlight.

De rusket i tøystykkene hennes, lagde elegant plass for det som ville inn. Tok henne samtidig og på tur på benken, mens Erlend ikke klarte å ta notis av noe som helst.

Det var prima fyllesex som ville gjort seg godt på smalfilm.

Karianne satt pladask alene i hytta. Tankene og følelsene hennes hadde vært et eneste rot de siste dagene. Var det en form for super-PMS? Hvorfor hadde hun kastet ut ham som hun var mest glad i? Hvor kom alt det frustrerte sinnet fra? Hvorfor elsket han jobben, fylla og røyken mer enn henne? Hvorfor måtte hun alltid være nummer to?

Var hun for streng? Var hun urimelig? Hun visste ikke? Visste ikke hvem hun skulle snakke med? Birger? Det ville aldri nytte. Hun angret bittert på at hun hadde blitt med på turen, det var jo en stor feil å bli med på en tur hvor Birger var med på lasset. Kenneth ville aldri tørre å vise seg fra sine myke sider så lenge Birger var med.

Hun burde ha visst bedre.

Hun ønsket så inderlig at Kenneth skulle banke på døren, komme inn og at alt ville bli bra igjen. Godt, deilig, ømt og fylt til randen med kjærlighet. Hun visste så altfor godt at det ikke kom til å skje, ikke nå, denne gangen hadde det gått for langt.

Med ett hørte hun en hånd som slo mot døra. Hjertet hennes banket, hoppet, banket i takt med at hun skvatt til.

Kanskje det var ham?

Hun reiste seg og gikk bort til døren, som hun åpnet raskt og noe desperat. Der stod han. *Kenneth.*

Han som hun elsket, våt, stolt og deilig. Stod der ute i mørket bare opplyst av det flakkende lyset fra døra. Rett og slett sexy.

Hun ønsket så inderlig vel at det var ham. At det ikke var en vilt fremmeds mørke øyne med friske poser nedenfor som stirret på henne med rå attrå. Det fantes ikke tvil noe sted om hva han ville.

Hun ville også, men med en annen. Med ham.

Desperat som hun var, uten egen viljestyrke til å skille mellom virkelighet og fantasi, trakk hun den fremmede til seg. Hun visste ikke om det var fantasien som spilte henne et puss, men de lignet hverandre, nok til at hun kunne fornekte alt i mørket, denne natten. Bare denne natten.

Den fremmede, overrasket, over hennes nærhet, over hennes bryster mot sitt bryst. Pulsen slo opphissende mot ham. Hadde han vært så innlysende i sine hensikter? Hvorfor gjorde han dette? Hvorfor ble det umiddelbar match? Døsig var hjernen og villig var kroppen, og han tok imot heten. De begge ga og fikk, i mørket, med natten som vitne, med regnet trommende utenfor, i ly av deres ensomhet, deres egne problemer ble visket ut av nærheten.

Han enset ikke de ferske tårene. Kysset henne like til høyre for de svulmede leppene for så å dreie rundt hele munnen før han lot dem møtes som hungrige slangebitt.

Bit meg.

Hun kjente den søte smaken av fyll, gammel, ny og kanskje også en svak aning av brekninger. Men vibrasjonene mellom dem var for sterke, de hadde allerede gått for langt til at hun lot det bry henne.

Det var viktig at hun fikk ham, nå. At de ikke kastet bort tiden på snakk, på virvar, på den minste detalj som kunne ødelegge stemningen, som ville tvinge sannheten fram. Sannheten om at hun var i ferd med å ligge med en helt ukjent mann – uten noen som helst form for reservasjon eller prevensjon.

Hun dro ham med seg til sengekanten, kunne ikke røske av ham klærne fort nok, de satt liksom klistret som lim, våte til kroppen hans. Før hun visste ordet av det hadde hun tungen hans i skrittet der nede.

Klor meg.

En hånd dyttet henne ned på madrassen mens hodet hans forsvant dypt inn i henne. Langt der nede i dypet begynte det å røre på seg som i et utkast, begynnelsen av en klassisk symfoni.

Et orkester av forskjellige instrumenter som spilte sammen, høyere og fortere, høyere og fortere, til slutt så intenst at hun hikstet, hylte, bar seg. Visste ikke hva hun skulle gjøre med seg selv.

Pul smerten ut.

Dirigenten kom fram med staven sin. Inne i henne, over henne, på henne; den lille cellosolisten som ingen noensinne hadde lagt merke til. De mørke øynene, som likevel inneholdt skyggespill, i perfekt takt med symfonien.

De nærmet seg høydepunktet av musikkstykket, alle musikerne og dirigenten hadde smeltet sammen som til ett. I en fanfare som varte i en kort evighet, blåste det veldige spektrum av frekvensbåndet konsentrert som en dynge.

Dirigenten falt sammen i søvn, hun kunne fortsatt kjenne staven hans som lå igjen på gulvet. Men alt hun så, det eneste hun så for seg var Kenneth. Henne og Kenneth sammen for alltid. Men det hun lå igjen med var mørke, nei, ikke engang mørke, bare svart tomhet.

De stille tårene vugget på kinnet hennes i takt med orkesterets etterdønninger.

Ingenting. Absolutt ingenting var som det skulle.

- Kom og ta meg, jeg er klar for deg!

Riktignok hadde den originale versjonen av Åshild hatt sine seksuelle undertoner til tider, akkurat som seg hør og bør mellom en detektiv og en sekretær eller partner. Men akkurat som på TV kunne det aldri bli noe mer enn undertoner, siden det ditto ville avslutte serien.

Men dette, der hun stod der nesten halvnaken, hologram som bare åndet og lyste sex, dette var han ikke klar for. Birger hadde omprogrammert henne til pornofilmversjonen av deres liv.

Joda, hun var pen, vakker der hun stod dekket i rødt, halvgjennomsiktig silketøy, riktig lekker, men det endret aldri det faktum at hun var og ble en maskin, et hologram – som han i sin tid hadde importert fra USA for en såpass høy slant penger at han aldri hadde turt å fortelle det til noen, ikke engang Birger.

På den annen side hadde han ikke hjerte til å terminere henne, hun var tross alt en viktig aktiva og støttespiller i hans arbeid og han respektere henne for mye til å bare slå henne av uten videre.

- Åshild, slutt med dette. Jeg er ikke i humør til sånt. Det står dårlig til
mellom meg og Karianne og jeg vet ikke helt hva jeg skal gjøre med det.
På toppen av det hele virker det som Birger er snurt også, kanskje fordi
han er håpløs singel, en tilstand som det ser ut som jeg kommer til å dele.
- Når skal dere holde opp! Det er jo alltid en slags trette mellom dere.

Som vanlig hadde Åshilds analytiske evne en tendens til å skjære igjennom dødkjøttet og komme til sakens kjerne.

- Du mener?
- Ja, det er ikke rent sjeldent forholdet mellom deg og den kvinnen du velger
å dele livet ditt med er på kanten. Har du noen gang tenkt på hvorfor
det? Er det sånn at forholdet deres rett og slett er avhengig av turbulens
for å overleve? At dere rett og slett ikke tør å ha det godt sammen?
- Jeg har aldri tenkt på det på den måten, dessuten
er det verre nå, verre en noen gang.
- Er det virkelig det, eller bare virker det sånn fordi du er midt
oppe i det? Hvorfor velger du ikke en annen kvinne, en
mer ettergiven og sensuell en, en sånn som meg ...
- ... Åshild ...
- ... Unnskyld da, men du vet at det hadde blitt bra ...
- ... Du er en maskin ...
- ... Si ikke at en maskin ikke kan elske.

Istedenfor å fortsette konversasjonen lot han den dø ut i stillhet. Han var fullt klar over menneskeartens hyllevis med fiksjon, med science fiction om datamaskiner, roboter, replikanter, kybernetiske organismer og androider som klarte å utvikle menneskelige trekk og til og med kjærlighet eller ekte hat. Men alt det var fiksjon bygd på menneskets innebygde trang til å male sine egne personligheter på andre skapninger, gjenstander og dyr.

- Du vet, Kenneth, at det kan godt hende hun har
en god grunn til å hakke på deg.
- Hva mener du?
- Vel, først fortell meg hva det er denne gangen.
- Hun ønsker å gjøre slutt med meg fordi jeg ikke klarer å slutte å røyke.
- Klarer eller vil?

- Klarer, vil, hva som helst, det er jo ferie, vi skal kose oss, jeg ønsker da ikke
  å kaste bort kosen med å irritere meg over mangel på Rød Mix. Ikke det at
  jeg har tilgang på Rød Mix lenger, må bare bomme hva enn jeg kan få.
- Desperat er du kanskje, eller bare dum. Vil du virkelig
  kaste bort forholdet deres, etter meg å forstå så setter du
  henne høyere enn noe annet, med en dårlig røyk?
- Ja men, Åshild, du skjønner ikke. Røyken er en del av meg, av
  min personlighet, det har jo aldri vært noe problem før …
- … Det har alltid vært et problem, Kenneth, og vil alltid
  være det, hun har bare ikke sagt det før, latt det gli.
- Men røyking er stil, det er kult.
- Det er ikke mye kult når du en dag ligger på et sykehus.
- Faen ta deg.
- Men Kenneth, det er ikke der hovedproblemet er.
- Hva mener du?
- Det er i avstanden.
- Avstanden? Nå babler du bare tøv, nå får jeg lyst til å slå deg av.

Kenneths stemme ble mer og mer irritert. Det er ingen som liker å bli irettesatt,
spesielt når det som blir sagt er sant, ubønnhørlig sant.

- Avstanden mellom dere. Du har aldri sluppet Karianne skikkelig inn på deg.
- Come on, Åshild, du klarer bedre enn dette. Vi har jo vært sammen en stund.
- Likevel, så har du dine ensomme stunder hvor du sitter fordypt i din egen
  selvpining, pizzabiter, whisky, cola og røykstint rom, ofte så stint at det er
  problematisk for meg å bevege meg …

Åshild humret litt av sin egen morsomhet. Stemningen løstes litt opp da Kenneth
smilte med.

- Eller når du drar på flere dagers rotbløyte på puben eller annet sted, med
  eller uten Birger. De andre drekkekameratene dine er ikke akkurat verdens
  navle. Du rett og slett stenger henne ute fra det som plager ditt indre.
- Hmm.
- Og piner deg selv med de tingene inne i deg som plager deg, hva nå
  enn det er. Det er det ingen som vet, ingen andre enn deg selv.
- Hmm, det er ikke sikkert jeg vet det selv en gang.
- Hvis du elsker henne på ekte, så er det på tide at det er en til som vet, som
  skjønner det, som kjenner dine hemmeligheter.

Her døde samtalen igjen. Kenneth sank sammen med hendene over hodet.
Uffet seg, stønnet, skjønte altfor vel at han var nødt til å ta tak i disse tingene.
De tingene som var så tunge at man heller utsetter dem, til en vakker dag i
framtiden som aldri kommer.

- Takk, Åshild.

Åshild trakk klærne om seg og slo seg selv i hvilemodus.

Utenfor, i mørket, sluttet regnet å hamre, det ble opphold. Nydelige fargeformasjoner med dominanse av grønt flimret over himmelhvelvet. Aurora borealis, nordlys, på denne tiden av året? Ikke normalt, men ikke umulig. Vakkert, lekende som få: Det var bare en person på øya som stoppet opp og beskuet det, nøt det fantastiske, mens en Nokia-telefon blinket sørgelig på null.

«Noen ganger blir det altfor mye, da er det godt å kunne ha en
knapp å trykke på – slå seg av.»

«Sometimes,
Beauty can not be told
in words.

Sometimes,
allure, bubbles like a spring,
from within.

Horaios, a short glimpse,
It is time.»

Del H

De døde skal æres

«Har man blitt overbevist om at å være svøpet

i kjettinger er selve livet, vil man kjempe

med det samme liv mot å bli satt fri.»

De sjeler som kroppen ikke lenger har plass til, fordi selve kraften til å huse sjelen er forsvunnet, selve livet er frarøvet en: de sjeler vandrer videre til nye marker, nye ærender og eventyr. Det er de andre kroppers oppgave å sørge for lykke til på reisen.

Hun våknet, kjennte draget av angst komme over seg. Hun hadde vært der før, hun visste hva hun måtte. Dusje, rydde, kvitte seg med alt av skyld og presentere løgnen så sannferdig at det glinset i kantene.

Vannet rislet over henne, renset henne, frigjorde henne fra alt som passerte kvelden i forveien; den kumulerte skammen fra samtlige raid og uhumskheter som hadde passert. Gårsdagen var plutselig særdeles fjernt og langt av sted.

- Faen!

Når hun var ferdig stelt i stand, alt sånn noenlunde ryddig og hun hadde begynt på frokosten ble hun avbrutt av en kvelende salve med bannskap. Han var over henne, tok i henne, brutalt, som om han var omformet til en annen mann. Som om han ikke lenger var den perfekte: Erlend. Som om han var en av *dem*.

Alle de hun ville glemme, alle dem hun hadde distansert seg fra, *til nå*. Hun hoppet automatisk i et bittersk selvforsvarsmodus. Armene deres kavet om hverandre, dyttet hverandre, småbrutalt.

- Faen! Hva er det du vil?
- Hanne, tror du jeg er helt steike dum, eller?
- Nei, hva gir deg rett til å dytte meg sånn?
- Jeg tok deg med hit for at jeg vil være sammen
  med deg. At vi skulle ha det fint.
- Det har vi jo også, helt til nå.
- Vel, det ville kanskje hjelpe hvis du ga litt også da, ikke
  bare fløy rundt og pulte alt som rørte seg.
- Jeg har ikke …
- … Ikke vær dum, jeg er ikke en idiot som ikke ser hva som foregår.
- Jeg har ikke.

Hånden hans skjøt ut i fart mot hodet hennes. Stor fart, farlig hånd, mye skade, om det ikke var for at han angret seg like før den traff.

- Skal du slå meg nå?
- Nei, nei, nei.
- Slå meg da! Få det overstått.
- Jeg bare, jeg bare hadde trodd at du var bedre enn det. At vi kunne …
- … Jeg er ei pornostjerne og ei junkie, hvem tror du, du
  egentlig er, Erlend? Hvem tror du at jeg er?
- Du er ikke bare det, du er mer, du er Hanne, det er
  mer i deg, jeg vet det, jeg trodde det.
- Faen ta deg og prektigheta di. Faen ta deg!
- Faen ta deg, Hanne. Jeg ville gjøre mye for deg, alt, men jeg
  kan ikke ha deg rekende etter sex med alle og enhver, du
  må i alle fall gi litt sånn at vi kan få dette på skinner.
- Jeg har ikke tatt noe etter at vi kom hit, teller ikke det? Du i din egen
  skinnhellighet, du aner ingenting om hvordan det er, du er bare en fjomp
  som har fått det gode liv presentert på et fat.

Tretten deres fortsatte med ord, armer og puffing. Den gikk ikke i noen retninger, eller rettere sagt, den var på vei til et gap av et mørkt hull hvor de begge var i ferd med å rase ned i.

Det endte med at Hanne dyttet Erlend inn i en vegg så han nesten falt, hvorpå han svarte med å dytte henne ned i bakken og forlot hytta i sinne.

Hun lå igjen, der, skjelvende, alene og det eneste hun kunne tenke på var dop, dop som de ikke hadde på øya. Hun karret seg bort til en røyk og blandet seg en sterk dram. Så lå hun der, ynkelig og syntes synd på seg selv – badende i en gele av selvmedlidenhet.

Erlend hadde jo vært mer for henne enn noen andre noen sinne. Ikke det at hun var stupforelska i ham, det fungerte ikke sånn, ikke nå lenger, det håpet ble knust for ugrunnelig lenge siden. Nei, det var annerledes med Erlend. Han bare var der for henne, hadde vært det siden første gangen de treftes, han støttet opp om henne. Han krevde aldri noe, ikke før i dag, bare behandlet henne som et menneske og ikke som ei førkje som de fleste andre menn gjorde.

Menn, hun hadde hatt sin dose av dem. Menn, skulle hun helst klare seg uten. Hvor mange ganger hadde hun ikke erfart menns svikefulle karakter, hvordan de kom med endeløse løfter og lovnader, mens det de egentlig ville ha, var fitta hennes. I det samme øyeblikk som fitta var deres, så blir alle løfter omgjort til løgner og mennenes sanne, herskende og kontrollerende natur tøyt fram.

Hun hatet menn, men hun var glad i Erlend. Skulle så ønske at …

… ting var annerledes. De var annerledes med ham, det var skikkelig med han, men hun var så forvitret, i et liv som hun egentlig aldri ville ha. Så fastnet i møkka at hun ikke helt klarte å komme ut av den; av det svarte hullet hun lå og fløt i, mens hun sakte, som en uharmonisk kvartett, dalte nedover i dypet, til slutt å bli møysommelig konsumert.

Det var så mye hun ville si og dele med ham, om han bare kunne forstå hvem hun egentlig var, *hva* hun hadde vært, om alle hennes drømmer som alle hadde falt i grus. Livet var blitt noe som hun ikke kunne utstå, fra jentedagene til oppvoksningen så hadde, hendelse etter hendelse gått galt, så galt at hun ikke orket selve livet. Orket ikke tanken på å forlate det, heller, bare døve ned dagene med diverse narkotiske stoffer og uendelige mengder dårlig sex.

Hvordan skulle hun få medelt alt dette til Erlend? Var det umulig å kunne kommunisere noe sånt mellom mennesker? *Var det for sent?* Var hun dømt til for alltid å befinne seg her nede i dypet?

Selv om det var besluttet at hennes kropp ikke skulle lettvint begraves før hun kom tilbake til fastlandet, på det vis kunne alt det formelle løses, pårørende og venner få sjansen til å bivåne seremonien, var det bare rett og rimelig at det skulle holdes en høytidelig dødsseremoni på øya også.

Det var brudd på vanlig etikette at de besøkende og selve innbyggerne til «El punto del Sol» møttes før avslutningsfesten, men situasjonen krevde det.

Øyas samlede befolkning møttes høytidelig i sine beste antrekk. Det var tydelig at mange ikke var forberedt på den bedrøvelige seremonien, men likevel, alvorets stund ga forsamlingen en høytidelig andakt som bredte seg utover til hvert enkelt individ.

Kenneth og Birger var sidespillere mens Joachim og Frøydis ledet an selve seremonien. Ingen av dem visste helt hva de skulle gjøre eller hvordan de skulle te seg, uten at det forvoldte særlig skade.

Kenneth startet med å lese opp formalitetene: Navnet, det lille de visste om henne. Han minnet alle om at morderen fortsatt var der sammen med dem før Joachim brøt av og leste opp noen bønner, ikke vanlige kristne, men noen ualminnelige, friske, tross situasjonen, men likevel presise. (Hvor hadde han skaffet dem fra?)

Det var enkle vers som alle kunne klare. Joachim leste først en linje, så repeterte tilskuerne linje etter linje.

Det hadde vært en del intern diskusjon om hvordan alt skulle utføres. Døden er noe som mange frykter, men når den er der, rett foran en, rører den ved oss alle.

Liket var fryst ned så som erstatning brukte de en stein som var forberedt av Jose, den mexicanske kokken. Den var høgd ut i nesten et perfekt parallellogram, på toppen hadde de festet et provisorisk bilde av henne.

Etter talene skulle alle deltakerne ta en blomst som ble delt ut ved begynnelsen av arrangementet og legge ved steinen. Til slutt gikk det et tog av sauer som var kledd opp i spesielle svarte drakter med blomsterdekorasjon på toppen.

Det var dog ikke bare døden som trykket stemningen.

Joachim uroet seg over alt det som skjedde. I årenes løp, ja selv før de kom hit, hadde han lagt hele sin sjel i at «El punto del Sol» skulle bli et fantastisk sted. Han hadde kontrollen over nesten hver minste detalj som passerte, for å passe på at ting ikke skulle skli ut og påvirkes av menneskers trang til ofte å følge sine egne personlige agendaer og dermed starte oppløsningen av hele samveldet.

Men de siste dagenes begivenheter ga ham mangt et hodebry. Mordet, flyet, Aslak og den litt merkelige distansen han hadde merket i det siste til Frøydis var alle små tegn i det hele som varslet at noe forferdelig kom til å skje.

Var hans drøm i ferd med å falle i grus?

Kenneth stod som en høytidelig påle sammen med Birger. En sneip lå lent ut av kjeften på ham. Inne i ham raste en krig av følelser og forvirrelse som han ikke på vilkår klarte å stagge.

Birger var bare sliten i hele seg, det hadde vært en lang natt, ønsket at seremonien kunne ta slutt så han kunne få seg litt søvn.

Frøydis hadde lagt merke til oppblomstringen av poser under sin kjæres øyne. Hun visste at han var plaget, men mot normalt ante hun ikke hva det skyldtes. Når de var nærme hverandre, så delte de samme hjerte og sjel og derfor kjente hun dypt hver eneste lille skygge som kom i mellom. Hun hatet det. Selv om hun elsket plassen nesten like mye som sin mann, hadde hun en anelse om at Joachims oppfrelselse til kollektivet tæret på samlivet deres.

Karianne så med ulne, stjålne blikk på Kenneth. Hvor dårlig karakter hadde ikke han som stod der som offisiell representant og blåste ut karbonmonoksidet i alles skue? Samtidig var det ikke noe sinne i henne, bare skuffelse, mest over henne selv. Hun skjønte godt at ikke bare ferien, men selve forholdet mellom de to var over, denne gang var det finale.

Aslak stod sammen med Randi. Deres hender var knyttet i hverandre. Strøk hverandre. Hun hvisket i øret hans «Jeg vil ha deg, etterpå.» Han smilte og klemte litt hardere som svar.

Helga kjente det hele så nært inn på kroppen. Som om hun følte selve lidelsen til den døde. Det var en forferdelig, desperat følelse av tap, det å ha blitt forrådt av noen som stod en så altfor nærme.

Marian, som hadde håndplukket alle blomstene og kledd opp sauene, bekymret seg mest om blomstene og sauene var pene nok og stod i stil med anledningen.

Hanne glodde rundt blant hopen etter Erlend, man han var ikke der. Hun ante ikke hvor eller hva han gjorde. Det fikk henne til å føle seg bekymret og usikker. Tidligere hadde hun vært innom Porno og Pervo og fortalt dem alt i et ynkelig forsøk på å finne tilgivelse.

Merkelig nok hadde de vært meget forståelsesfulle og snille. Ikke hårde og avvisende som hun hadde regnet med. De hadde faktisk trøstet henne og gitt henne håp om at hun kunne få dette med Erlend på fote igjen. Et frø av håp om at alle menn ikke var drittsekker hadde blitt plantet i henne. Nå, om hun bare kunne finne ham.

Porno og Pervo var rett og slett fornøyd med seg selv, de hadde fått seg dobbelt opp med dobbel dose av Miss Starlight. Nå speidet de over plassen etter nye offer. DJ Oracle var noe av det peneste de hadde sett, i virkeligheten, uten sminke hadde hun en naturlig skjønnhet som ikke kom til sin fulle rett på TV eller film. Men hvordan skulle de få henne i seng? Som backup-plan hadde de

Lotte, Lotta, hun med de store brøda, og Juliana. De bare måtte få seg noe, det var det ingen tvil om. Den peneste dama på øya var riktignok Frøydis, hun var selve skjønnheten i personifisert tilstand.

Rett og slett såpass at Porno og Pervo visste at de like gjerne kunne la være en gang å prøve seg.

Juliana stod sammen med Lotte og Lotta. De følte seg ikke vel ved sådanne stunder og trippet etter å komme seg vekk.

DJ Oracle så for seg det hele som en mulig scene i en fremtidig musikkvideo, inne i hodet hennes komponerte hun forskjellige melodier for å se om de passet inn i konteksten.

En gammel herre på over 60 år, som også gikk under det treffende navnet Birger, brøt med ett tausheten.

Birger (74): Hvorfor kan vi ikke få balja til å seile tilbake med liket i dag, sånn at vi kan få politiet til å etterforske saken skikkelig? Det er ikke noe moro å sitte fast her på øya sammen med en morder, som kan slå til igjen, når som helst.

Joachim rykket til, så hadde det skjedd enda en ting som dro ham nærmere falitt, han visste godt hva politi på øya ville bety. De ville snu opp og ned på hans lille idyll, rive ned alt han hadde bygd opp under det påskudd at de prøvde å løse en politisak. Han fikk hjelp fra uventet hold.

Ferjemann: Vi er ikke autorisert til å reise tilbake før søndag.

Birger (74): Hva skal til for å autorisere det, er ikke mord godt nok?

Joachim: Vi har allerede politiet på saken i form av Birger og Kenneth. De er kanskje ikke vanlige politikonstabler, men faktisk meget mer kompetente enn som så.

Birger (74): Så si meg, Herr Kenneth, hva har dere funnet ut i saken så langt?

Kenneth: For å være helt ærlig så har vi gått igjennom alle vitneutsagnene og alle saksfakta. Vi har veldig lite å gå ut i fra. Vi kan anta at gjerningsmannen er en profesjonell. Bortsett fra dette er det lite sannsynlig at etterforskere fra fastlandet ville ha funnet ut mer. Men de ville hatt den fordelen at de har tilgang til en hel del mer referanseinformasjon enn det vi har her.

Birger (74): Og hva med de pårørende, burde ikke de få vite noe? Bør de vente til en uke etter at mordet har skjedd for å få vite noe?

Ferjemann: Grunnen til at vi ikke kan autorisere hjemreise nå er at det er kraftig uvær mellom her og fastlandet. Såpass til uvær at det er risk for ferja om vi skulle prøve oss. En forlist ferje vil ikke hjelpe oss verken den ene eller andre veien. Faktisk ville det føre til videre utsettelse siden vi da måtte vente på at en ny ferje ble sendt fra fastlandet og tilbake.

Birger (74): Hva med skipets nødkommunikasjon? Dere har vel det, som kan brukes for å få hjelp?

Ferjemannen: Nei, i tillegg til mordet så har noen, antagelig gjerningsmannen, herpet alt vi har av nødkommunikasjon, vi har rett og slett null samband til fastlandet. Vanligvis vil vi ha radiosjekk minimum en gang daglig. Så de vet på andre siden at noe er galt. Men igjen, uvær hindrer dem i å komme hit. Som dere kanskje er klar over har vi allerede hatt et flyhavari her.

Birger (74): Men hva gjør dere her på øya om dere kommer i akutt krise? Om noen blir så syke at de trenger øyeblikkelig sykebehandling?

Joachim: Det har faktisk ikke hendt ennå at vi har hatt tilfeller som er så akutte at vi ikke kan ta hånd om det her. Vi har faktisk ganske gode resurser innen naturmedisin, men også i elementær medisin her på øya. Det er et interessant spørsmål du stiller, vi skal sørge for at i framtiden så vil ikke en sådan situasjon oppstå igjen.

Lovnader om framtidig utbredelse av noe som allerede skulle vært nåtid fungerer altfor godt altfor ofte.

Med det var seremonien over og alle kunne fortsette med sitt.

«Det er underlig hvor mange år jeg har vandret denne samme vei og først i dag skuer jeg dette. Noe så underlig elementært og skjønt, har vært tilslørt i min fortids ignoranse.»

Hun svinset virilt med lette hopp for å unngå snøballene han kastet mot henne. Hennes kjortel, lik som hans frakk, blandet seg sammen med sollyset og dannet svake anelser av en mørkegrønn skyggedans langs snølinja.

- Du treffer meg aldri, roper hun.

Dumt, men morsomt, for i det samme traff en løs kanon av hvitt og kaldt henne, og bredde seg utover skallen. Begge lo, hun kastet seg rundt og fyllte hendene med den hvite gørra – på tide med hevn.

Før hun fikk samlet seg, er han over henne, skuffet henne over ende og de rullet, med ett, begge to rundt i snøen, som om de hele tiden var en kjempesnøball.

En kjempesnøball som daltr nedover, bortover. Hun kjennte noe varmt som vokstr der nede.

- Ikke nå, ikke her. Vent.
- Men jeg har lyst på deg, nå.
- Ikke her, vent til vi kommer hjem igjen.
- Åååå.

Han beklaget seg, men visste å respektere henne. Dessuten var det litt pirrende å måtte vente, litt til, bare litt til. Inni ham, og inni henne, vet de begge at det kommer til å bli fullkomment.

Del I

De sorte spioner

«Alle trenger å gå skikkelig på tryne en gang i blant.»

Det kan kanskje virke som øya bare bestod av godt voksne mennesker. Men selvfølgelig fantes det barn både boende på øya og traskende etter de besøkende. Barn fulgte ikke de samme grensene som de voksne, de fant hverandre igjennom hullene i gjerdene og lekte sammen som om de var en enhet.

Allerede første kvelden de var der, samlet Ciro sine «tropper», som han i skjul refererte til når han tenkte på de andre barna i kollektivet, og startet opp barneaktivitetssenteret, som hadde det noe døve, men treffende sloganet: Den naturlige møteplassen for dine barn.

Ciro fikk samlet alle barna i en hall. Erik og Vidar stod vakt etter voksne. Ciro presenterte seg som Jocahim og Frøydis sin sønn og derav den naturlige lederen for den yngre garde.

Denne dagen hadde vært spesielt spennende for ham da det hadde vært et mord. Hva var vel mer naturlig enn at de formet en detektivklubb og etterforsket saken? De var barn, men likevel smarte, flinke og skulle klare å løse denne saken på null tid. De skulle finne svarene i smutthullene der voksne var for store og seriøse til å se etter.

Ciro eide et knippe bøker om spionering og privatdetektiver som han delte rundt i rommet sånn at barna kunne titte og få tips om hva som skulle til.

«Først av alt så må vi ha et navn og et hovedkvarter», proklamerte Ciro.

Stillheten og roen som hadde vært i rommet til nå, ble oppløst i at alle snakket om hverandre og i hverandre. Alle hadde et navn og ideer om hovedkvarter. Til slutt valgte de å kalle klubben De sorte spioner (DSS). De besluttet å bygge en hytte et lite stykke opp i skogen sånn at de voksne ikke skulle finne den så lett.

De fikk tak i papir og tegneutstyr og lagde medlemskort, hvor alle fikk påskrevet sitt kallenavn som man til mye glede og moro for barna kunne velge selv. Skulle de klare å løse saken, var det en del viktige ting de måtte lære seg, hvorav å spionere ville bli den første, vanskeligste og kanskje viktigste egenskapen. Andre ting som de øvde på var nattesyn, sniking, dirking av låser, korttidsminne, tegning av profiler og fingravtrykksavlesning.

Det var ikke mye tid til trening da de visste at allerede neste dag så ville deres voksne motpart starte intervjuene av alle på øya; det ville si alle de andre voksne, de regnet ikke barna som viktige nok.

Per Morten fikk en helt spesiell oppgave dedikert til ham, siden faren hans hadde mobiltelefon, en av de nye GSM-telefonene, skulle han «låne» denne og se om han kunne få noe signal til myndighetene der hjemme.

De delte opp medlemmene i klubben i tre, spionene skulle spionere og stjele all informasjon de kunne fra intervjuene, de i treningsleiren skulle øve videre på viktige detektivegenskaper og konstruktørene skulle konsentrere seg om å få ferdig hytta til hovedkvarteret.

De små barna ynglet på plassen, men passet godt på å være ubemerket fra de voksne. Det var ikke lite informasjon de klarte å samle, de fikk stjålet mange ark fra intervjuloggene og barna hadde også mange interessante observasjoner og sketsjetegninger av de forskjellige profilene.

Den første kvelden samlet de seg igjen i barneaktivitetssenteret i mangel av noe bedre og gikk over alt de hadde samlet. Det hadde vært en moro og interessant dag og alle barna var lys våkne – øynene var på stilk – og hadde masse å fortelle i munnen på hverandre.

De hadde funnet en hovedmistenkt, den gamle mannen som gikk ved navn Birger. Han virket både sur og tverr og så ut som en forbryter. Alle var rimelig sikre på at han var den skyldige.

Selene Rudisag, Ciros yngre søster, reiste seg opp og proklamerte at de burde ta Birger med en gang, før han fikk gjort mer skade. Ciro lo av henne og lurte på på hvilket grunnlag dette skulle gjøres.

- Se på bildet da, Ciro, det er jo ingen tvil om at Birger er den skyldige.
- En detektivs arbeid er et møysommelig et, først må vi kunne begrunne

og bevise at det vi nå antar, er sant, så kan vi gå til Kenneth, den voksne politimannen og fortelle det vi vet, så vil de utføre selve arrestasjonen.
- Nei, vi bør gjøre det selv, nå, hvorfor vente?

Dette var ikke noe nytt at Ciro og Selene kranglet, men når det gjaldt selve klubben, var det ikke bra. Faktisk førte det til at de andre barna begynte å krangle seg imellom og resultatet endte med at istedenfor en detektivklubb, hadde de neste dag to klubber, begge med samme akronym: De sorte spioner (Ciro) og De svarte spioner (Selene).

Selenes nye klubb måtte finne seg et nytt hovedkvarter som skulle være større, og mektigere. Alle medlemskortene måtte skiftes ut, selvfølgelig til det bedre.

Selv om de hadde en hovedmistenkt, var ikke det lenger så viktig for klubbene med de relativt like navnene, nå handlet det mer om å være den beste klubben, ha de fineste hyttene, medlemskortene, de kuleste kallenavnene og briske seg over de andre. De startet rett og slett opp med tevlinger mot hverandre i skogen.

Noen få lag ble likevel satt til side og dedikert til videre arbeid på selve saken.

Et av disse smålagene var Johannes og Vidar som fortsatt soknet til Ciro. Vidar bodde fast på øya mens Johannes var der bare på besøk.

De hadde funnet et tre ved siden av en av beboerhyttene som Vidar kunne klatre opp i og ved hjelp av en simpel kikkert få ganske godt innsyn til hytta. Det var to voksne i hytta og så kom det ei dame inn.

Vidar ble stor i øynene da de begynte å kle av seg, nakne. Det ble et svare strev fordi Johannes også ville se. Da Vidar ikke lot ham komme til, klatret han likeså godt opp på hytteveggen og lot hodet stikke nysgjerrig opp mot vinduskarmen.

Hodet hans formet en skygge inne på gulvet, men de voksne der inne var altfor opptatt med andre aktiviteter til å ense den mørke silhuetten.

Det ble et syn de to guttene sent glemte, og kom til å prate om i dekader etterpå. Plutselig hørte de det knakte i et tre litt lenger borte. Det var Janne og Elina fra Selenes gruppe. Tross de seksuelle handlingene glemte de hele saken og begynte å løpe etter hverandre, jakte hverandre for å *ta* hverandre. De stoppet ikke engang opp ved strandkanten, men fortsatte uti og sprutet vann på hverandre.

De lekte der i det våte en stund før de vedtok at de skulle forme en «hemmelig» allianse og skulle fortsette detektivarbeidet sammen som et superteam uten at Ciro og Selene fikk vite noe.

Detektivhyttene ville ha vært ferdige omtrent på den tiden om det ikke hadde vært for det forferdelige uværet som slo over dem, regnet, vinden, kulden. Det var rett og slett ingen vei utenom, detektivvirksomheten måtte begrenses til innendørsaktivitet.

Men den hemmelige alliansen brøt reglene og sunn fornuft og valgte å fortsette med å spionere ute. Kanskje ville de få sjansen til å se mer sex? Eller de kunne finne ut noe verdifullt om den gamle, deres hovedmistenkte.

Janne, Elina, Vidar og Johannes skiftet på å stå på vakt utenfor den gamles, Birgers, hytte. Det fantes ikke noe tre eller annen innretning i umiddelbar nærhet så det var ikke mulig å få noe bra innsyn til hytta. Løsningen var enkel, de måtte bryte seg inn når ingen andre var til stede.

Birger bodde sammen med sin kone Gjertrud som om mulig så enda mer truende ut enn ham. Barna satt og fantaserte opp en teori hvor paret konspirerte sammen for å myrde Anne Bostrup. Den ene fantastiske teorien vokste seg sammen med nye utrolige ideer.

Det var moro, de skiftet på å stå på vakt.

Endelig da det eldre ekteparet forlot hytta, kunne de storme til og prøve dirkeferdighetene sine. Vidar hadde visst dirket opp dører tidligere så han fikk æren av å begynne. Han brukte en binders som han brøt opp så den utfoldet seg til en dobbel stålwire. Han yppet og lirket den inn i låsen med stil.

Da han mislyktes, ble han med ett mer febrilsk og rykket og hakket i dirken. Elina dultet ham vennskapelig til side, «La meg prøve». Uværet slet på dem, de slet tilbake for best å ignorere det våte, kalde som slo om dem.

Etter at alle fire hadde tatt sin tørn, skjønte de at de måtte gå hardere til verks. Johannes og Janne tok hver sin tur med øynene inn i nøkkelhullet for å få en oversikt over hvordan låsen var. Det lille de lærte, ble nok til at de kunne gjøre noen justeringer på dirken, men den var allerede så sliten at den brakk.

De måtte finne en ny dirk.

Elina og Vidar løp rundt på jakt mens de andre ble igjen og passet på. Et kvarter senere hadde de endelig formet et redskap som de fikk opp døra med. Det var glede og spenning som stod på programmet da de snek seg inn.

En kald, mørk eim av gammal elde slo ut mot dem. De ante ikke hvor mye tid de hadde til disposisjon. Janne stod vakt ved døra mens de andre lette igjennom

eiendelene. Tross treningen falt det dem ikke inn å være forsiktig med ikke å legge igjen fingeravtrykk eller andre spor av sin egen inntreden.

Et forferdelig brak flerret himmelen der ute. Barna rykket til i sjokk. Hva kunne det være? De løp ut av hytta og fulgte lyden. Løp om kapp med hverandre, over, under, snublet i hverandre.

På avstand fikk de øye på flyet, og de voksne som virret rundt det.

Ciro og Selene satt alene i foreldrenes hus. Selve husets utforming var inspirert av en stjerne og bar navnet: «Morgenstjernen».

- Søster, det var ikke særlig lurt å begynne med dette tullet med å være uenig med meg. Når vi driver å tretter, kommer vi jo aldri til å finne den skyldige.
- Hvem bestemmer at det er du som er sjefen?
- Det er bare naturlig.
- Du er så bæsj, altså.
- Du bryr deg ikke i det hele tatt om mordet, du?
- Hvorfor skulle jeg? Vi er jo barn, leken er viktigst, å late som vi er spioner, faktisk så er vi mye bedre spioner enn dere, så …
- … Ja, sikkert.
- Bare se her, ta en kikk på dette, du, så skjønner du hva jeg mener.

Selene tok opp en bunke papirer, bilder, saksdokumentasjon som detektivklubben hennes hadde nøstet opp. Ciro bladde fort igjennom det, men likte ikke hva han så. Det var rett og slett imponerende informasjon han gikk igjennom. Ikke noe som hadde med saken å gjøre, men detaljerte profiler på alle medlemmene i klubben hans, inkludert bevegelsesmønstre.

- Fy faen, hvordan har du klart dette?
- Vi er overlegne.
- Ok, søster, hva vil du ha for at vi skal slutte fred?
- Lett, du gir meg kommandoen, jeg overtar klubben din.

Et coupe d´club.

«Du må lære å gi litt mer faen.»

Hun klamret seg til amuletten sin, egentlig var det ikke en amulett men en stein hun bar med seg, alltid, i venstre bukselomme. Hun hadde fått den av en fremmed mann, en snill mann, en som hun ikke helt husket utseendet til, ansiktsformen nærmest fluktuerte i minnet hennes.

Men hun husket stemmen hans, den mørke, sikre stemmen hans, som dunket inn mot henne, dypt inn i henne, ned til sjelen mens han sa:

«Du trenger å lære deg å aktivt bruke beskyttelse, senere integrere beskyttelsen som en del av deg. Det er en vital del av det å unngå at forstyrrelser, blokkeringer og eksterne energier skal kunne ødelegge for deg. En god beskyttelse vil hjelpe deg på alle måter mot alle mulige former for mas og tjas og ikke minst – til å omforme det negative til noe positivt.

Ta denne steinen, dette er din amulett.

Hver morgen når du har stått opp, skal du bruke tid på å fornye beskyttelsen din. Tenk deg at steinen gir beskyttelse rundt deg, gni den og forny dens energi og beskyttelse.

Gjenta for deg selv, eller høyt:

- Ingenting negativt kan påvirke meg. Jeg filtrerer bort alt jeg ikke vil ha. Jeg er beskyttet.

Over tid, når du er klar, vil du ikke trenge steinen lenger. Du vil selv vite når. Da skal du integrere beskyttelsen slik at den blir en naturlig del av deg, og fornyes hver dag som en naturlig ting av ditt liv.»

Hun hadde fått en kullsvart stein, en apachetåre, som symboliserte all den sorg hun hadde kumulert til nå i sitt liv. Etter at hun hadde fått sin Dumbo-fjær, hadde livet blitt noe enklere, bedre, ja hun smilte der hun knuget om steinen og trådde inn i sitt eget hjem.

På den ene veggen hadde de forrige beboerne etset inn: «I hjertets glede så finnes det lys, som er en gave du bærer med deg i alle dager, med stjernene som vokter over deg. Som truffet av en engel, leder det deg mot et liv i lyset og kjærligheten, et liv i evigheten.»

Til å begynne med hadde hun tenkt å få det malt over, men nå hadde hun blitt vant med det, og rett likte å ha det der. Det var som hun levde i et nytt liv, nærmest magisk, hvor alt det hun drømte om, nå ville være mulig.

Del J
Båtrace

«Når den onde hersker, har alle det vondt. Når den
gode hersker har alle det godt, inkludert de onde.»

I mørkets lumske hvileplasser finnes det meget av urgamle, hungrige
skapninger som fores av ondskap, frykt og fortvilelse.

Den lille gutten satt ved bredden med mobiltelefonen i hånda. Lite ante han
at det måtte et mobilt reletårn til, i nærheten, for at han i det hele tatt skulle
drømme om å kunne få signal.

Da var det med ett at sjøen der ute ristet på seg, reiste seg. Kikkeredskapene
hans stod på stilk som en motsatt øyenstikker. Der ute, fra selve havet vokste
det fram en båt, en svart, mørk, doning med en kappekledd skapning i midten.
Båten seilte fram til bredden. Stemmen var mektig, grøtete og kommanderte
kontroll:

- Per Morten, hopp oppi og bli med meg.

Per Morten var livredd. Båten og skapningen stinket av verre forråtnelse enn
han noen gang hadde trodd å ha visst at var mulig. Ikke ville han entre båten,
om han så ble tvunget, men det var akkurat som om kroppen ikke lystret og noe
usynlig, utenfor, hinnenfor, trakk ham mot doningen.

- Hvem er du, og hva vil du meg?
- Kjenner du meg ikke igjen, Per Morten? Jeg er Draugen,
  jeg er her fordi din tid er ute. Du tilhører meg nå.
- Ja, hvorfor skulle jeg nå noensinne tilhøre deg. Du
  er jo en stygg og skitten gammel mann.

- Fordi noen skal død, og denne gangen er det deg. Det er jeg som henter de
  som skal død, så de kan pines i all evighet i mitt rike.

Draugens hule latter runget over ham. Det var en latter som ble formet uten
kropp, uten hals, munn, stemmeorganer eller drøvel, den var like hul som lydens
opphav. Per Mortens kropp ville ikke lystre, men dro ham med standhaftige
skritt etter skritt mot båten. Gode råd var dyre, hvordan skulle han komme seg
unna dette? Han prøvde å skjule skjelvingene i kroppen og stemmetøyet.

- Er det så at jeg ikke har noe å si om dette?
- Nei.
- At det ikke finnes noen måte jeg kan slippe unna?
- Nei.
- Hva med for eksempel at jeg utfordrer deg til duell? Tvekamp
  har jo alltid vært en hederlig sak mellom to menn?
- Ha ha, jo, du har rett, jeg kan ikke nekte deg å utfordre meg,
  men til hvilken nytte? Du kommer jo til å tape likevel.
- Ha, ikke vær så sikker på det, du møkkadraug.

Draugen likte lite hvor dette bar hen, spesielt ordbruket til den lille irriterte ham
grenseløst, han var vant til at mennesker mistet både munn og mæle.

- Ok, siden du er utfordrer er det jeg som bestemmer hvem, hva og
  hvor. Vi seiler om kapp fra øya her til ekvator og tilbake, om du
  kommer først i mål, så vinner du livet ditt tilbake, men om du taper,
  da tar jeg og piner sjela di i to doble evigheter og det som verre
  er. For at kappløpet skal være helt rettferdig skal du få et fartøy
  som er helt likt mitt, like raskt og like suverent til å navigere på
  samtlige hav. Men ikke forvent deg noe hjelp bortsett fra det.

Opp av havgapet kom det nok en doning, like svart og illeluktende som den
Draugen hadde. Per Morten krabbet oppi og gjorde seg klar. Han ante lite om
seiling og livet på sjøen. Han visste så altfor vel at han hadde minimal sjanse
til å klare seg.

Kort etter at Draugen hadde telt opp til tre, pilte han av sted. Morten prøvde å
kopiere Draugen og skipet hans krabbet seg av sted, men tok seg underlig raskt
opp. Farten var enorm, nærmest magisk. Aldri før hadde han hørt om noe skip
som kunne fare så raskt.

Det nærmest rørte ikke vannflaten, men bare fløt over og for av gårde som en
vind. Han lærte seg fort hvordan kontrollen over skipet var og gjorde sitt beste
for å holde tritt med den svarte flekken i det fjerne, langt der foran ham, hans
bitre motstander. En motstander som bare ønsket en ting: å se ham dø!

Det kunne dog ikke vare og snart var Draugen borte. Han seilte rundt på de åpne hav rent på måfå, uten mål eller mening. Han følte en underlig tomhet inne i seg, det hele virket så latterlig dumt, her stod han, Per Morten, ikke gamle gutten, og kommanderte et skip så raskt, så smidig og ikke minst stinkende, på tross av det kunne han på ingen måte finne en vei, en måte, en løsning som ville redde hans ynkelige, lille liv.

Han tenkte tilbake på livet sitt, på det han hadde prestert, eller mer på alt det han ikke hadde rukket. Det var et underlig paradoks at han skulle stå der og plage seg selv med tanker om selve livets mening mens han egentlig burde konsentrere seg om å finne veien til ekvator. Men selv om han visste veien, hvordan skulle han klare å komme først?

En ny svart prikk kom til syne langt overfor horisonten, sirklet på himmelhvelvingen, rundt ham og kom nærmere. Snart kunne han se at det var en stor og vakker havørn. Han hadde hørt fortellinger om hvordan havørnene noen ganger tok mennesker. Selv om han allerede visste at livet ikke lenger hadde mye verdi, ble han vettskremt av denne fuglen som nærmet seg ham.

- Ikke vær redd, jeg er en venn, en hjelper.

Per Morten trudde det hadde tørna helt for ham, jaggu kunne ikke ørnen snakke. Nå var det på tide å våkne fra denne latterlige drømmen. Han kløp seg i siden, slo seg i hodet, pirket seg i øyet. Men det eneste som skjedde var at ørnen fortsatte å snakke.

- Følg etter meg, jeg vet en snarvei til midten av jorda, dit hvor du skal.

Per Morten visste ikke annet råd enn å høre etter, rettet skipet etter ørnen som tydeligvis hadde mer peiling på hvor de skulle enn ham selv. Igjen fløt skipet som selve magien. Han kjente den deilige vinden slå mot han og avlaste neseborene fra båtens egen stank. Forfriskende vannsprut slo av og til over ham.

Det hele var likevel ikke så ille.

Der, ved ankomsten ekvator så han igjen Draugen, men denne gangen var han bak ham. Per Morten følte en indre glede av triumf. Det varte ikke lenge dog, før Draugen tok ham igjen og kjørte skipet sitt rett inn i hans, enset ham ikke og for videre tilbake mot øya der langt mot nord.

Vannet fosset inn, skadene var enorme, skipet sankt.

Han sank.

Ned, ned i vannet, ned i dypet, langt, langt ned. Nå var det i alle fall ikke noe håp lenger. Drømmen var erstattet av vissheten om at han skulle drukne. Alt svartnet for ham.

«Du, Birger?» Begge etterforskerne satt og silte igjennom saksmapper. Birger lot det trette hodet ta seg en velfortjent rast og lot øynene hvile mot partneren. «Ja?» Lyset i rommet var på grensen av det utålelige å lese i. Kenneth fortsatte: «Er det bare meg, eller virker det som vi mangler masse data?»

Birger gned hendene sine på haken for å vise at han også hadde undret seg over dette fenomenet, «Ja, det er underlig, har vi gjort så slett jobb med dokumentasjonen?» «Nei, det ligner jo ikke oss. Alt i denne saken stinker, som trippelfordervet gorrhyse og det som verre er.»

De bladde videre i papirene uten egentlig mening, begge trengte pause. Situasjonen mellom dem hadde bedret seg noe i det siste. De var ikke helt komfortable med hverandre som i gamle dager, men det var heller ingen bjeffing lenger.

«Men Kenneth, hva om vi ser alt fra feil synsvinkel.» «Som?» «Ja, til nå har vi ikke kommet noen som helst vei i saken. Vi har ikke mistenkte, bortsett fra at alle er mistenkte, vi har intet alibi, vi har rett og slett ikke gjort jobben vår spesielt godt.» Kenneth veivet med hendene sine og lot hodet synke fort ned i dem for så å fortsette: «Det hjelper da ikke at du minner oss på det …»

Birger ville ikke la seg stoppe, «… ja, jeg mener, vi har gått løs på saken som om dette er en vanlig sak, men det er den jo ikke. Sett om vi ser på det hele fra en annen vinkel. La oss si at mordet ikke var planlagt, at morderen ikke ventet å møte offeret, at de ikke hadde hatt noen kontakt på årevis.»

Den andre hørte ivrig etter, «Det begynner å ane meg hvor du vil hen.» «Jeg tror ikke det, men la meg fortsette. De møtes, morderen er perpleks fordi offeret kjenner morderen fra før og får vite ting som ingen må få vite …»

Kenneth klarte ikke å dy seg, dunket hodet, til høyre, mot kompisens skulder og avbrøt «… Hva slags informasjon skulle det være, hemmelige planer for en annen statsmakt, kanskje?» Kenneth lo, men Birger ble om mulig noe mutt, irritert.

«Jeg tuller ikke her, morderen ble nødt til å drepe offeret, motivet er å skjule informasjon.»

Kenneth lot fingrene slå en trommevirvel på bordet. Birger lot seg ikke irritere, «Dermed, vet vi også hvordan vi skal fakke gjerningsmannen. Vi går ut med informasjon om at vi har kommet over nye saksopplysninger angående vår ukjente kriminelle og om hvem han er, ikke offentlig selvfølgelig, vi bare sprer rykter.»

Nå tok Birger sine finger og hermet etter med en trommevirvel.

«Birger, du er faen meg ikke dum, du. Forresten, du er ingen loser eller lamer.» «Jo.» «Nei, jeg tenkte kanskje på deg som det for lenge siden, da jeg ikke kjente deg så godt, men så lærte jeg deg å kjenne. Du er en smarting, i mange av sakene vi har løst, så er det du som har vært selve hjernen bak noen av de viktigste elementene for fremgangen.»

«Du bare smigrer meg nå», motsa Birger, men klarte ikke å skjule at han satte pris på rosen.

«Du har antagelig leste en masse detektiv bøker også, jeg derimot har ikke lest en eneste bok i mitt liv og der planlegger jeg å legge mine ambisjoner. Til å begynne med så ble jeg jo bare privatdetektiv fordi jeg hadde sett filmen «Ford Fairlane» og tenkte at jeg kunne dra damer.»

«En kongefilm», jattet Birger med.

«Yeah, you are ten seconds away from the most embarrasing moment of your life. I børjan var jeg ikke skikkelig privatdetektiv en gang, men så bare ballet det seg på, og her er vi, som spesialetterforskere og bestiser.»

Birger holdt på å grine, han kjente en utrolig glede av at Kenneth erklærte ham som sin beste venn. «Takk.»

«Men, faen, Birger, du skal vel ikke bli sentimental? Nei, du får huske disse orda godt, for jeg kommer ikke til å gjenta dem. Og, Birger, de tvillingene er ikke noe å samle på, i alle fall ikke for noe mer enn et raskt nyp, sats heller på noen som er noe mer enn et pent ansikt.»

«I ferden med å skape et mesterverk, drepte han alt som kunne kalles kreativitet.»

- Ha ha, tror du virkelig på astrologi?
- Ja, hvorfor ikke, det ser jo ut til å virke, da?
- At, alle som er født i samme måned, har samme personlighetstrekk og samme skjebne, nei, den må du lenger ut i regnet med. Og så har man kinesisk astrologi, der alle i samme året måles under samme kam.
- Balle, du prøver bare å bruke logikk til å bryte ned noe som er spennende og interessant.
- Ja, særlig, heller noe som er utrolig teit og henger ikke på greip.
- Ja, men et skikkelig horoskop er jo ikke bare begrenset til samme måneden, men man måler akkurat hvordan stjernehimmelen var i forhold til den som ble født på akkurat det stedet, i akkurat det tidspunktet.
- Jada, man har en ørliten variasjon som tar til hensyn akkurat hvor du ble født, sånn at om to eller flere blir født på samme sted til noenlunde samme tid, igjen er de samme, litt drøyt, og så har man jo hus, som planetene settes i, det er fint, fordi det gir muligheten til enda mer detaljinformasjon om hver enkelt, men det er bare det at det finnes motstridende metoder for å dele opp husene, som kan føre til helt forskjellige horoskop, så hvordan skal man da vite hva som er sant?
- Din tølper, du vet jo mer om astrologi enn du gir uttrykk for. Men ok, da, kanskje ikke astrologi er så sant, men kanskje likevel, at det der ute, planetenes baner, rundt i det store veldige maskineriet, at det kan ha påvirkning på oss, litt som månen?
- Tynt, men ok, kanskje på et vis.

Del K

De gamle

«Det er en generell oppfattelse at kolonitida er

historie, men faktum er at det var først mange

år senere den virkelig trådte i kraft.»

Det er ikke lett å bli gammel, for kroppen eldes rett foran en, rundt en, vil ikke lenger lystre, oppdage og se. Den er sliten, men sinnet er fortsatt like ungt og det er så meget man fortsatt vil.

Joachim og Frøydis satt ved spisebordet sammen med sine fantastiske to barn da Randi kom med et sendebud om at det sto et eldre ektepar ved porten og ba, nei, nærmest hylte, om audiens snarest.

Ciro og Selene hoppet opp og ned og snakket i munnen på samtlige, men Joachim ble streng i røsten og sendte dem på dør. Deretter gikk han selv ut, arm i arm med sin vidunderlige kone.

Der møtte de de eldre, Birger og Olga ved porten, gjorde tegn om å følge med på veien tilbake inn til Morgenstjernen.

Joachim: Så, mine kjære gjester, hva kan jeg hjelpe dere med?

Birger (74): Først av alt vil jeg beklage for at jeg var så bråmunnet tidligere.

Olga: Ja, du skjønner, Birger han skal alltid legge seg opp i alt mulig, men han mener ikke noe med det.

Birger (74): Jo, jeg mener noe med det, jeg mener masse med det.

Frøydis: Det aner meg at dere ikke er her for å krangle, men for noe annet?

Birger (74): Ja, først av alt ville jeg altså beklage.

De gikk igjennom forgården til et lite bord- og stolkompleks midt i hagen. Der satt de seg ned. Paret gikk inn og hentet kopper og glass. De serverte en nydelig urtete med kanelstenger i.

Joachim: Så mine venner, hva er det som bringer dere hit?

Birger (74): Jo, jeg vil så gjerne at du skal forstå at jeg og min frue er meget bekymret over situasjonen. Vi vil gjerne hjelpe til med etterforskningen. Ja du skjønner vi er kanskje noe gamle, men vi er ikke eldre enn at vi fortsatt har klare hjerner, med masse erfaringer, som kanskje kan se noe disse unge og nymotens etterforskerne ikke kan.

Joachim: Men hvorfor snakker dere ikke med Kenneth selv?

Olga: Veldig nydelig smak på denne teen. Det må jeg si, har dere laget den selv?

Frøydis: Alt, vi drikker og spiser her, har vi laget selv.

Olga: Så spennende, og så deilig, tror du jeg kunne få med meg litt av denne teen hjem.

Birger (74): Olga, da, det er vel litt frekt å bare spørre sånn.

Joachim: Det går sikkert bra, vi kan nok sende med dere litt av teen vår. Vi har flere typer, da, så kanskje du kan sitte med Frøydis etterpå å se hvilken som er mest interessant.

Olga: Ja, det var både snilt og hyggelig. Vet du, vi hadde innbrudd hos oss, ja altså, vi har ikke fortalt noen …

Birger (74): … ja, det var ikke noe som ble tatt da, og så tenkte vi at vi ikke ville forstyrre den andre etterforskningen …

Olga: … ja, det er jo ikke som om det kryr av politifolk her på øya.

Joachim smilte for seg selv, men visste at det ikke var noe lurt å fortelle ekteparet om sine barns detektivklubber. Om beskyldingene de hadde kommet med, at de var et ondt ektepar som hadde kokt frøken Bostrup i et satanistisk ritual for å konsumere og ofre livskraften hennes til Djevelen selv.

146

Joachim hadde nesten blitt sur, men hadde prøvd å holde igjen. Det irriterte ham at barna lot fantasien løpe løpsk, uten kontroll til de ikke selv lenger visste forskjellen mellom rett og galt. På en annen side visste han at han måtte nå barna på sin måte, slik at de forstod det i sine sinn, at fantasi ikke var det samme som den nakne, ærlige virkeligheten.

Det irriterte ham også at dette eldre ekteparet hadde kommet hit og *stjålet* hans dyrebare tid uten noen som helst virkelig grunn unntatt deres egen hang til å virke viktige. Han håpet for Guds skyld at han og Frøydis ikke ville utvikle seg til å bli slik som dem. Det kunne dog komme noe fint ut av dette også, han nikket lurt bort til Frøydis og som så ofte før, forstod hun hva han mente, uten at de trengte å forveksle et eneste ord.

Joachim: Ja, som sagt, Kenneth vil sikkert være glad for å all den hjelpen han kan få, dere burde gå til ham og spørre. Før vi gjør oss ferdige, dog, så er det noe jeg vil vise dere.

Olga: Hva er det?

Frøydis: Bare følg etter.

Alle reiste seg. Det eldre paret fulgte i hælene til Rudisagene. De vandret igjennom en del av øya som de ikke hadde sett før. De var overveldet over den vakre naturen, men ikke minst den fantastiske arkitekturen. De hadde kommet til en kunstnerby ned til hver minste sten, blomst og kanskje helt ned til molekylene.

Så kom de til et kratt som tetnet til, omkring dem, til slutt var de midt inne i en skog. Det virket ikke som en vanlig skog, det var mer som om de befant seg i et eventyr. Lyset flakket fra side til side. Dyrelivet yrte og de hørte et hav av lyder som de aldri hadde hørt før. Skrik i det fjerne, nære skrik, og veldig nære skrik.

Skyggene spilte øynene puss, vekket fantasien, men det var ikke det eneste de vekket: også skremselssenterene bak i hjernegropa. De ankom en åpen plass. Sparsommelig belysning. Midt i var et kjempemonstrum av et byggverk som strakk seg i flere etasjer fra bakken og mellom fire trær i et kaotisk mønster. På den høyre siden forlengtes byggverket til et usikkert antall flere trær.

Alt hadde blitt bygget på mindre enn en uke, det var nesten uvirkelig.

Rudisagene og det eldre paret gikk inn inngangen og ble møtt av en hærskare av små barn av variabel alder.

Joachim slo an en vits, som dessverre beskrev situasjonen noe, som en anklage mot alle foreldrenes mangel på innsikt og entusiasme over sine egne avkom, denne anklagen inkluderte ham selv og hans hustru:

Joachim: Her er det altså at alle de foreldreløse barna gjemmer seg.

Birger (74): Det må jeg si.

Først var både de voksne og spesielt de små noe redde. Men etter hvert ble de introdusert og tatt inn i varmen. Etter noen timer i hytta hadde de gamle blitt rett glad i barna og vice versa. De minste barna kravlet over de gamle som om de var store, gule bamser av Pikachu og koste seg vilt. De forsto godt at disse herlige menneskene ikke kunne være morderne og glemte sine anklager like naturlig som de ble skapt.

Han sto på bredden av det nesten perfekt sirkelrunde, gysegrønne vannet. I refleksjonen minnet han mer om en dårlig designet marsmann fra en av mange glemte B-filmer. På andre siden ruget en fjellkjede som formet en kort halvsirkel. Usikker på hvorfor kom han til å minnes sitt første og eneste møte med en elefant. Han hadde vært på rundreise i Rajasthan og dermed stod han der plutselig, hodet mot hodet, øyne mot øyne, med den digre elefanten.

Den var hellig. Den var gammel. Huden som klamret seg rundt den store kroppen, var full av riller, rynker, merker som alle hadde sin historie å fortelle. Men det var øynene som han husket best.

Da deres øyne møttes, var det som han druknet inni sjelen på vesenet. Et så klokt og gammelt vesen. Som om han så ned i sjelen på samtlige elefanter som noen gang hadde levd, romstert rundt på denne kloden. All samlet viten, erfaring, følelser og lek. Alt var der i øynene.

Hvor lite vi mennesker egentlig forstod av andre dyr, av deres leven og vesen. Hvor arrogant vi antok at vi var de eneste som var intelligente nok til å forstå denne verden, når vi knapt nok forstod oss selv.

Elefanten snøftet, den rommet mer viten enn han noen gang ville fatte, plutselig fikk han snabelen rundt hodet og det magiske øyeblikket ble for alltid brutt.

Hånden hans dyppet seg i vannskorpen, vannet var forbausende varmt. Konsistensen var unormalt tykk og ville snirkle seg over fingrene hans, sluke hele hånden hans, dra ham ned med seg.

«Hvorfor faen lot vi det gå så langt?», det var ikke ofte Frøydis bannet, så det kom som et sjokk på dem begge. Han prøvde så godt han kunne å bevare fatningen, «Du vet jo godt at vår spesielle familie er såpass sammensveiset at vår kommunikasjon går såpass langt hinsidiges det verbale at vi vet som oftest hva de andre gjør». Hun var tydelig ikke fornøyd med svaret og fortsatte i en heller ilter ordflom, «Nettopp, og hvorfor, da, stoppet du dem ikke tidligere?»

Spørsmålet ble hengende, Joachim veivet med armene og lot dem synke på skuldrene hennes, hun prøvde lett å feie dem bort, uten særlig vilje eller hell, «Fordi de er barn, de trenger separasjonen, de trenger å utforske, de trenger å finne sin egen individualitet ...» Hun hatet det, hvordan kunne han ta det så lett at familien skulle «separeres», at ungene fant på fantestreker som gikk langt over normene. «Så, på grunn av at de er barn kan de gjøre hva som helst? Mens du kontrollerer de voksne ned til hver minste detalj?»

Han slapp skuldrene hennes, snudde seg, så en annen vei, «Du vet godt at denne kommunikasjonen går begge veier, vi vet at de vet at vi vet, osv.,» halvveis i setningen snudde han seg igjen og så henne rett i øynene, «Jeg skal innrømme at for øyeblikket så skjer det mer rart her enn jeg har styring over, altfor mye», hendene hans gned seg fortvilet i håret, «men akkurat denne saken trenger vi jo ikke å gå nærmere inn i, den løste seg jo helt greit, faktisk med maksimalt positivt resultat, om du spør meg.»

Hun tenkte seg om, skjønte at hun sannsynligvis hadde gått for langt, latt sin egen desperasjon gå til angrep på han. Hun ønsket ikke vise svakhet nå, hun bare huffet seg og forsvant.

Selv om han var litt for stor, gjorde han sitt beste forsøk på å kravle rundt på ham.

Ciro: Hvorfor er det at pappa og mamma noenganger er så teite og behandler meg som en lite drittunge?

Birger (74): Det er fordi du utvikler deg i en utrolig hastighet, vokser opp mens din pappa og mamma de går på sakte gir og tror du er den du var i går. Det er vanskelig for dem å holde tritt med hva som er helt naturlig for deg.

Ciro: Men det er jo mamma og pappa, de skal jo vite alt, men så gjør de ikke det, og så kan de ikke alt, og så blir jeg så skuffet og så sint.

Birger (74): Selv om de er «voksne», så er de i virkeligheten bare store barn, med den forskjell at de skal være der og passe på deg, det er ikke en lett sak. Du burde noen ganger tenke på dem som like usikre og små som deg, de kan ta feil, de tar feil, gjør tabber, akkurat som hvilket som helst annet menneske.

Ciro: Ja, det kan du si, noen ganger så vet jeg mye bedre enn dem, altså, skulle trodd det var jeg som var mannen i huset.

Birger (74): Noen ganger er du nok det, også.

«Alle fødsler er et under.»

Hver eneste natt hadde hun den samme drømmen, den hvor hun var en enhjørning. Drømmen var alltid deilig, fredelig og lykkelig. Hun foretrakk drømmen framfor virkeligheten, den som skremte henne ut av hennes personlige Shangri-La klokken 06.15 hver hverdag.

Et skrik som skjærte inn mot henne, hun ville bare legge seg tilbake og være enhjørning igjen, snooze-knappen var fristende, hun trykket den, igjen og igjen og igjen. Men hun klarte ikke å få ro til å entre fantasiverdenen igjen, ble bare liggende og døse, småskjelve og gruble på så mye, så mye hun helst ikke ville gruble på.

Hun hoppet inn i dusjen i håp om at dråpene mot kroppen kunne vekke liv i døsen, det samme med den rykende kaffen litt senere.

Det hjalp, om enn bare litt. Hun fyltes av mot, hun fyltes av styrke, til å gyve løs på nok en dag i en verden kjemisk fri for enhjørninger.

Hun hvisket noen ord som om det var i øret til seg selv i tilstanden av en fantasiskapning: «Veiled meg, til å leve et rent liv, full av kjærlighet velsignet av ditt lys.».

Del L

Jakten

«Må du aldri miste magien av å være en
viktig brikke i et spill blant mange.»

Det nærmer seg kveld, ikke en kveld i dagen, men en kveld i historien. Jegeren blir den jagede. Brikkene må forhåpentligvis falle på plass. Men før alt oppsummeres og du kan slippe boken fra deg så gjenstår det viktigste av alt: jakten.

Bebygningen i «El Punto del Sol» var tilrettelagt på slik en måte at i midten var Månen, det var der de fleste samles hver kveld. Fra nord til vest og øst så fantes alle nyttebygningene som ble brukt til alt som hadde bruksverdi. I et vanlig sivilisert samfunn ville dette bli referert til som industri og kommersielle bygninger. Fra vest og øst ned til sør var alle boliger plassert. Hver bygning hadde et navn som igjen reflekterte stilen som bygningen var bygd i. Hele sentrumet av pensjonatet (der hvor det fantes bygninger) var formet som en rektangulær runding hvor øst- og vestsiden var de lange sidene.

Det var helt mørkt i rommet, men av og til gløttet en stråle fra en lommelykt til. Det var to av dem, som forsiktig åpnet skapene og gjennomforsket dokumentmappene. Brått frøs de til da rommet plutselig ble badet i lys.

«Der har du våre gjerningsmenn, snipp snapp snute, så var saken løst», lo Kenneth ironisk.

Elina og Vidar prøvde å benytte sjansen ved å løpe mot døren, kanskje de kunne slippe unna. Birger tok et skritt til siden, «Ikke så fort mine venner, jeg tror dere først skal få lov til å forklare hva dere gjør her.»

Døren gikk likevel opp og det var Helga som stormet inn, hun var tydelig andpusten og kastet etter oksygen. «Kenneth jeg tror jeg vet hvem vi leter etter.»

Hun forklarte altfor raskt. De andre ba gjentatte ganger om at hun måtte roe seg ned, uten at hun gadd å høre etter. Hun forklarte om visjonene sine, om hvordan hun hadde hilst på en mann ved navn Walter, i det samme hadde hun sett en framtidsvisjon hvor denne herremann drepte en gutt hvis navn hun ikke visste, med bare hendene.

Kenneth så spørrende på Birger. Birger svarte, ikke uten et snev av desperasjon, «Det kan jo ikke skade å sjekke, den beste ledetråden vi hadde på lenge viste seg jo bare å være disse små barna. Vis vei, du, Helga.»

Alle sammen fulgte Helga bortover hyttekompleksene til de kom til kiosken der en kar stod ynkelig og spinkel i en rød-grønn jakke henslengt over bokutvalget uten egentlig særlig interesse.

I det samme øyeblikk som Walter fikk øyne på dem, løp han ut bakveien. Ovenfor utgangen stod det to sverd som utsmykning. Han hoppet opp og rev med seg det ene.

Kenneth la seg etter ham med alt han hadde, snudde seg plutselig som om han hadde glemt noe og ropte til Birger: «Arranger manngard, jeg tror ikke vi er nok voksne til å dekke et stort nok område, derfor halvparten barn, halvparten voksne. Alle må ha audiovisuell kontakt sånn at om han prøver seg på et av barna så er det alltid to voksne til stede. Jeg løper i forveien og ser om jeg kan få tatt denne jævelen.»

Han rev med seg det resterende sverdet i tilfelle det ville trenges.

Birger ropte «Skal bli.»

Jakten var i gang.

Kenneth kjenner adrenalinet pumpe i kroppen. Endelig er ting i bevegelse, endelig.

Walter aner ingenting om øyas geologi, men løper bare på måfå oppover, oppover. Han klarer med merkelig, atletisk smidighet å trassere seg over gjerdet til pensjonatet.

Jeg følger etter en forbryter, en morder, en mann som jeg skal finne og fakke. Som skal få sin straff. Jeg klatrer etter over gjerdet.

Jeg ser de underlige bygningene rundt meg fare forbi, av og til er det et og annet menneske som snur seg overrasket etter meg. Ingen av dem vil ha en sjanse til å få tak i meg, spesielt ikke den dusten av en oppblåst, pompøs lekedetektiv: Kenneth. Jeg når enden av innhegningen og må nok en gang over gjerdet. Det er høyere på denne siden, jeg aner ikke hvorfor, tenker ikke over det. Tar sprang og kommer meg opp til toppen, firer meg resten av veien og slipper meg over på den andre siden med et lite brak. Foran meg er skogen, den veldige skogen. Her inne kommer ingen til å finne meg.

Du kjenner det inne i deg, i hele kroppen, det yrer av spenning. Dette er den beste delen av enhver sak, selve jakten, når du skal fakke de skyldige. Når du vet at det kun er spørsmål om tid før de er under din hammer. Når du kommer til gjerdet, går det ingen tanker igjennom deg, du reagerer instinktivt, hopper og drar deg opp, bumper over på den andre siden. Lar føttene ta over kontrollen som fører deg inn i skogen. En skog som begynner som et kratt, men som fort tetner til en dyp, mørk skog. Her kan det være lett å gjemme seg, men foreløpig, er den jagede uforsiktig, og det er lett å holde tritt.

Det var blått. *Det var blått?* Overalt? Øynene hans sanset uendelige nyanser av blått, og noen ganger grønt. Foran ham formet konturene seg av noe deilig og vakkert, det var en kvinne, men ikke noe menneske. Det lignet en havfrue. Kanskje var det en havfrue. Det var vanskelig å se konturene i kroppen da de flagret i ett med vannet.

Han erindret at han var falt i vannet, og nå var han her, dypt under havflaten, levende eller død, sammen med en pen, men noe skremmende havfrue. De blå øynene hennes var digre, store og rommet forvridde refleksjoner av ham selv, ikke bare akkurat nå, men også av en mulig fremtid. En fremtid på jorden hvor han fortsatt levde. Han smilte, det betydde at alt håp ennå ikke var ute.

«Ram, jeg er Illse.» Han svarte irritert «Jeg heter Per Morten.» Hun irettesatte ham straks: «Ram er du.» Han skjønte at det ikke var noen vits å krangle om navn. «Hva gjør jeg her?», lurte han på.

Hun danset rundt seg selv, hun hadde en kjole og en halefinne som snodde seg underlig langt, i selve piruetten, virret rundt og rundt som i en vakker teaterforestilling. Hadde han vært opplagt og voksen, ville hans hjerte dunket heftig svakt for hennes skjønnhet – kanskje til og med blitt forgiftet av attrå.

«Det hele er ganske trist, du er jo ennå så ung, forstår ikke, kjenner ikke deg selv.

Som voksen er det meningen at du skal utrette store dåder. Heltedåder i ikke fullt så gode tider. Det er heller besynderlig at de onde, denne gangen i form av Draugen har funnet deg allerede.» Hun snakket flytene, nærmest uten å røre på munnen, som om ordene slo mot i ham som bølger i tanker.

«Du mener, du mener at jeg skal dø nå for bragder jeg ennå ikke har akualisert», han skjønte lite, var fortumlet, det hele utviklet seg hele tiden på en måte som ble verre og mer forvirrende enn en drøm.

«Ja, dessverre. Derfor er det av største viktighet at du, min Ram, vinner veddemålet, jeg skal sende deg opp til overflaten igjen …»

«Men båten min, den er …»

«… ikke mer. På havoverflaten venter noen av mine venner, nå dine venner, som vil hjelpe deg på veien tilbake. Du må skynde deg, tiden er i ferd med å renne ut.» Det slo ham noe underlig at her, nede i vannet så brukte Illse metaforer som henspilte på vann.

Hun la et smykke med tolv blå, runde kuler og en stor blå amulett rundt ham før hun slapp taket i ham og han pilte oppover. Vel oppe ble han omringet av tolv delfiner som sang en vidunderlig sang kun til ham.

Dette var ikke vanlige delfiner, han suste av sted, oppå dem, i en hastighet som om mulig var større enn den som skipet hadde hatt. Men han slapp stanken, han slapp å styre, kunne bare la håret nyte vinden. La hodet og sjelen nyte den magiske sangen.

Det tok mindre tid enn Birger hadde ventet å få arrangert manngarden, hele øyas befolkning ble aktivert. Det var en tett, ivrig og kompetent styrke som skulle vandre gjennom øya for å passe på at den kriminelle ikke skulle slippe unna.

Kenneth kjenner melkesyren former seg i bena, han vet at om han stopper, om enn bare for et øyeblikk, vil han stivne opp. Han tvinger seg videre, vil pumpe ut syra og fortsette. Han kan ikke størkne nå. Kvistene, greinene, krattet, alskens uhumskheter har ripet opp kroppen hans full av små sår. Det går saktere med ham nå, fortsatt er det ikke noe problem å finne veien, det er nok av spor.

Walter begynner å bli sliten, han har feilberegnet, holdt for stort tempo. Han vet godt at det vil straffe seg, og slakker av noe. I skogen vil han ikke kunne gjemme seg om han ikke kan finne et sted hvor han kan utmanøvrere forfølgeren. Forhåpentligvis har han allerede klart å riste av seg jegeren, men innerst inne vet han at det ikke er så.

Jeg er sugen på en pause. Jeg er sugen etter en røyk, nei to røyk. Jeg er sugen på et digert glass med Jack and Coke. Skogen åpner seg til barskog og lette kratt. Jeg husker å ha kastet noen blikk på et kart over øya på Birgers pult. Det skal være et fjell her i nærheten, en del av det som skaper godværet på «El punto del Sol». Om jeg ikke husker feil, er det også et vann i nærheten.

Jeg løper og løper. Skogen er i ferd med å gi etter, åpne opp. Hvis jeg kan finne vann eller et mer åpent landskap, kan jeg lettere skjule mine spor, bli borte, utmanøvrere fienden, snu oddsene i min favør. Nå er det bare småkratt, jeg ser et fjell et stykke foran meg.

Du ser at han har tråkket uti. Du smiler. Du vet hva det betyr for fottøyet. Han kan ikke lenger bevege seg så raskt. Smilet blir fort borte, du finner ikke lenger spor etter hvor han har gått. Har han vært så gal at han har begynt på klatreturen oppover? Opp til toppen av fjellet? Du skjønner fort at du er ute etter noen som må være smågal. Du løper i ringer rundt og rundt etter spor. Til slutt ser du det, bekreftelsen. Du sukker og begynner den lange klatringen, oppover.

Plutselig, før du skjønner det selv, er føttene dine i et grønt vann. Du blir bløt. Du hadde regnet med at du skulle være mer forsiktig. Våte sko er ikke det du trenger nå, vrenger av deg fottøyet, prøver å vri vannet ut av dem som best er. Oppover er veien du beslutter å gå, klatre oppover til toppen av fjellet.

- Arne, du er en drittsekk.

Det hadde vært det samlede kompakte faenskapet som kom fra kompisene hans, spesielt en av hans beste venner dømte ham nedenom og hjem. De forsto rett og slett ikke hans egen genialitet. De satt fast i sosialdemokratiets svakhetsgjøring av individet. Planen hans, derimot, var stor, vanntett og ville skape vill suksess; han bare visste, i underbevisstheten, at det var dette som var hans kall. Faen ta kompisene. Dette var noe han måtte.

Det tok ikke lang tid før han hadde ordnet med billett og reist til Kambodsja.

Verre ble det når han kom ned dit. Han var dårlig forberedt på sjokket som slo mot han som en ujevn mur og blodet rant. Uhygienisk, uvirkelig, en annen verden, han ble så sjuk, så sjuk at han ranglet, hanglet, og ante ikke hvor eller hvem han var.

Temperaturen i kroppen var stigende som en vulkan, hodet, tankene, hallusinasjonene, ingenting ga ham lenger noe mening. Men ut av det hele, ut av tåken formet det seg et ansikt foran ham, som rettet seg opp og var akkurat det han lette etter: *henne*. Ratana het hun og som sendt ut av den syvende himmel var hun sykepleieren hans.

Det var lett match, han overbevise henne om at hun kunne følge hennes lille barndomsdrøm, bli superstjerne, prinsesse og at det var han som hadde planen, leverte løsningen. Det var faktisk lettere gjort enn sagt, før han visste ordet av det, hadde han bandet «Jungle Fever» (oppkalt etter hans egne febertokter) på føttene med Ratana som leadsinger og fire andre gutter hoppene rundt henne som marionetter.

Alle musklene i Kenneth skriker av smerte, de er slitne, vil at han skal slippe taket, gi opp, falle ned i det grønne vannet. Men han kan ikke, vil ikke, det er noen der oppe foran ham som skal ha sin straff, møte sin skjebne, møte ham: etterforsker og kvinnebedårer, Kenneth Johansen. Det vil bli et møte han sent vil glemme.

Walters munn former seg i et større og større smil mens kroppen sliter seg oppover fjellknausene. Han vet at dette vil bli en ekte prøvelse for forfølgeren og forhåpentligvis kommer han til å slippe taket. Når han begynner å nærme seg toppen, jevner det seg ut litt, blir litt lettere å komme seg oppover, skogkrattet former seg igjen rundt ham.

Jeg har forsert den verste delen av oppstigningen, nå er det atter lett skog, men insektene er over alt, biter meg, stikker meg, vil har blodet mitt. Vil ha meg. Men innen de helvetes insektene setter meg til livs, skal jeg ha Walter. Jeg smiler beskt. Klasker en mygg bak på nakken min. Tar taket i en gren og slenger meg oppover.

Jeg ser enden på det hele. Endelig har jeg funnet toppen av *alt*. Øverst oppe kan jeg se hele øya. Rundt og rundt i ring. Se havet som tårner seg opp omkring, Se øyene rundtomkring, se fuglene som sirkler rundt. Se selve solnedgangen som flerrer himmelhvelvingen med fargesprakende fyrverkeri. Se hvordan fargene gjenspeiles i det grønne vannet der nede. Hvordan morilden har våknet til liv og glinser. Jeg kan se at Kenneth har klart det samme som meg og er i ferd med å

komme faretruende nærme.

Øverst oppe, med selve solnedgangen og fuglene som vitner, fargespekter som spiller sin egen dans i takt med din, ser du din fiende, dagens nemesis. Han fortoner seg bare som en silhuett i det klare lyset. Men du vet hva som må til, han kommer ikke til å gi seg, han vil aldri gi seg, du må avvæpne ham. Du reiser sverdet og løper imot ham.

Den mørke skikkelsen foran deg med hevet sverd er ingen ringere enn Kenneth Johansen. Han er tydeligvis ikke ute etter å fange deg i lovens navn, men å drepe deg her og nu. Du reiser sverdet og er klar, til ditt livs duell.

Midten av manngarden hadde kommet fram til den grønne dammen. Det tok ikke lang tid før de fikk øye på de fektende. Signalene gikk i strømmer i begge retninger. Linjen løste seg opp og hele øyas befolkning betraktet, som stumme vitner, den underlige kampen der oppe. To svarte figurer der oppe, silhuetter som kjempet sin tapre kamp i en brytningen av en underlig skjønn og rødlig solnedgang.

Per Morten lå allerede ved vannbredden, med mobiltelefonen knugende klamt i hånden da Draugen kom farende. Det triumferende smilet sloknet da han fikk øye på gutten. Han skreik, så ondt, så hult, så ekkelt, så høyt at Per Morten brakk seg der og da.

- Hvordan har du kommet hit, jeg knuste jo skipet ditt.
- Det var ingenting i utfordringen om at skipet måtte komme fram uskadd.

Draugens stemme var fordreid som selve skriket. Han visste at han hadde tapt. Han visste det, hatet det. Skrek igjen så gufset og uhorvelig. Han ville ha en sjel og det nå, han måtte finne en annen. Innen et minutt så ville han ha sjelen sin.

60 sekunder.

Kenneth parerer slagene som best han kan. De kommer mot ham i et forrykende tempo. Det er tydelig at motstanderen har hatt trening i dette våpenet før, mens han er fersk, altfor fersk.

40 sekunder.

Høyt der oppe, mektig, majestetisk står Walter og leker seg som en katt med musen – Goliat mot David. Svinger av slag etter slag som pareres amatørmessig. Han koser seg rett og slett. Det skjeve smilet rundt munnen hans er nesten som limt fast i ansiktsbygningen. Panoramaet flerrer i gjenskinnet av de klirrende og dirrende egger.

20 sekunder.

Jeg gjør mitt beste for å forsvare meg, men vet innerst inne at jeg har møtt min overmann og at jeg er tom for lure ideer og juks. Jeg er fanget i et sverdspill, som handler i verste fall om min egen undergang. Men det eneste jeg tenker på er at jeg ønsker en røyk som kan sitte slapt i munnviken min og la meg suge inn usunn duft.

10 sekunder.

Jeg koser meg, dette er jo bare en lek. Men det er snart på tide å ende dette patetiske livet som står framfor meg. Jeg gjør meg klart til å sette inn nådestøtene. Men, så skjer det noe: Jeg kjenner jeg har tatt et feilsteg, glipper på høyrefoten, glipper, nok til at … nok til at …

5 sekunder.

Dette er øyeblikket du har ventet på. Walter har et øyeblikk av dårlig balanse. Du er inne, vanskelig å be, tar opp sverdet i posisjon og gjør deg klar til dødsstøtet. Men, er du sikker på at dette er den skyldige? Har han hatt noen rettssak? Kanskje det var en annen grunn til at han begynte å løpe? Hvorfor nøler du? Klarer du ikke å drepe et annet menneske i kaldt blod? Men du har gjort det før, eller? Han er en ettersøkt? Hvorfor stopper du opp?

2,5 sekunder.

Han ga fra seg sjansen. For en tosk. Sverdet ditt heves til det dødelige hugg. Det sveiver nedover mot ham. Snart er alt over. Snart.

1 sekund.

Du ser det hele framfor deg, enden av ditt liv, et skuespill, all den dårlige whiskyen du noen gang har konsumert. Alle kranglene med Karianne. Alle gode rådene fra Birger. Men mest av alt, alle stundene hvor du har vært helt alene, ensom i hele verden. Akkurat som du er nå, og sverdet kommer mot deg.

Hva er det som skjer? Du kjenner noe i din høyre side, du vippes over, til siden, mot intetheten, ut mot den grønne dammen.

Frøydis har lurt armene inn under skuldrene og under Joachim sine, og holder godt tak i ham foran maveregionen. Hun hvisker sakte i øret hans «Jeg beklager, jeg bare synes det er så vanskelig noen ganger å se dem vokse opp, og vite at de ikke alltid kan være hos oss, men må ut i den store verden. Jeg skulle ønske det var en måte vi kunne holde dem her, for alltid.»

Joachim tar hendene hennes og stryker dem, sakte, «Men som du vet, så er den beste måten å ruste dem opp til den store, stygge verden at de lærer om den, at vi som gode foreldre står på siden og passer på når det trengs, men ikke sperrer eller hindrer dem fra det liv de ønsker å leve.»

Frøydis hikster noe, «Men, det er så vanskelig, så vanskelig å gi slipp.» «Og derfor så viktig, så uendelig viktig.»

- Vi vil ikke miste dem da?

Han snur seg mot hennes hiksting, støtter henne, «Det er kanskje uendelig vanskelig, men det som er viktig, er at vi tenker på deres beste, at vi ikke lar vår frykt og egoisme stå foran sånn at vi overbeskytter dem såpass at de til slutt er hjelpeløse på egenhånd. Barn skal elskes og forstås i kraft av å være seg selv, og man skal akseptere deres individualitet. Hvis ikke vil vi ubesluttsomt miste dem. Om vi gjør vårt beste som foreldre, selv om vi snubler og feiler noen ganger, så vil de forstå, da kan vi aldri ikke miste dem. Sluttresultatet blir at vi vinner og de vinner, alle seirer.» De kysser, der ved bredden av den grønne dammen. Bak dem faller Walter nedover som om fra skyene. Treffer det grønne vannet som omslutter ham, morilden spretter ut som et fyrverkeri som glinser grønt i kontrast til dagens siste solstråler, suger ham ned i sluket som en organisme. Men de to turtelduene, paret Rudisag viker ikke en tomme, bare fortsetter å kysse på hverandre.

- Erlend?

Det er to sjeler som overrasket roper i kor: Kenneth og Hanne.

Du ser Erlend framfor deg. Han står der rett foran deg, sjuskete, skitten og vill i blikket. Du skjønner at han nettopp har reddet livet ditt på grunn av at du nølte i det avgørende øyeblikket. Du skjemmes over deg selv. Han snur seg vekk, børster seg. Når han atter står med øynene rettet mot deg, ser han uforbederlig perfekt ut igjen, trass litt møkk og tredagersskjegget. Det er måten han fortoner seg, det er måten han ser på deg, måten han ter seg og konverserer på. Han er og blir en connaisseur og gentleman.

- Jeg tenkte kanskje du hadde behov for litt assistanse.
- Jaggu som jeg er Kenneth Johansen var det på hengende håret.
- Det er nå to lik som vi tar oss med tilbake.
- Jeg tror det er best vi holder det unna politirapporten at du gjorde dette.
- Hvorfor? Skal jeg ikke får kreditt?
- Vel, siden du er å anse som sivil, så vil du være nødt til å forklare
  deg meget om både hva du gjorde her i grevens tid og ikke nok
  med det, men de vil lure på om du ikke var for voldsom, at du
  kanskje kunne ha avvæpnet ham og reddet livet hans istedenfor.
- Ja, men du er jo her, du kan fortelle dem, hvem nå enn de vil være.
- Det hjelper nok lite, dette er mennesker som ser livet fra en kontorstol.
  De har lite forståelse av annet enn å lage problemer. Hva sier du heller
  om at vi krediterer deg som en offisiell asset til etterforskningen?
- Deal, så sier vi så ...

«Du kan kalle meg stygge ting, spytte på meg, slå og sparke meg, ja, selv drepe meg, bare ikke kjed meg.»

Han lå der nærmest naken, bare en knøttliten shorts igjen på kroppen. Innsmørt med oljer mens en ung skjønnhet lot de sensuelle fingrene sine fyke over ham. Hun var altfor forsiktig, han foretrakk en massøse som var mer hårdhendt, men han kunne jo la det gå, lett, om han lot blikket hvile på henne. Hun var en skikkelig hottie. Det var to ting han likte med massasje, den nære kontakten det ga med det andre kjønn, noe som var luksus for hans ensomme liv. Det andre var at hun var nødt til å høre på ham i den snaue halvtimen, noe han aldri ville la gå til spille.

Svelget varmet seg opp, tungen surklet, så begynte han:

«Du har hørt om den sterkestes rett, men visste du at det er en godt innarbeidet løgn?» Hendene hennes stoppet litt opp, som om hun ikke klarte å konsentrere som om massasjen mens hun tenkte. «Ja, men det er jo ikke en løgn, Darwin beviste det jo.»

Han ristet oppgitt på skuldrene mens han fortsatte. «Der tar du feil. Det er nemlig som oftest latskap og feil som fører til utvikling. Språket for eksempel utvikles av de som bruker språket feil, i dagligtale, i skriftlig forum, og over tid så blir noen av disse feilene så utbredt og vanlige at de til slutt blir normen; til forferdelig irritasjon for de språklærde. Sådan er det at du kan sitte med en bok som bare er hundre år gammel og slite med språket for det har allerede blitt fremmed fra dagens moderne språk.»

Han tok en liten pustepause mens hun igjen var hardt i gang med sine svake hender som prøvde å røve stivhetene ut av musklene hans.

«I biologien er det det velkjente fenomenet mutasjon som er en av hovedingrediensene innen evolusjonen. Men mutasjon forårsakes ofte rett og slett av latskap og feil under DNA-replikeringen. Dette er ikke X-men eller mennesker som får «overnaturlige» evner, men rett og slett variasjoner av programmeringen av egenskapene. Noen gode, noen dårlige, men over tid så er det ofte sånn at de egenskapene som passer best inn «i tiden» vil få best fotfeste videre.

Utvikling er noe som er avhengig av tid. I en prosess hvor noe endres, for eksempel at man går fra vinylplater til CD-er så vil det alltid være flere camper. De som hopper på for tidlig og så viser det seg at utviklingen ikke tar den forventede retningen likevel selv om produktet er overlegent, for eksempel Betamax vs. VHS ...»

Han skjønnte godt at hun ikke klarte å følge med ordstormen da hun avbrøt ham for å spørre om hva Betamax var, han orket ikke å forklare, men fortsatte, «de som tviholder på det gamle fordi det er tryggest og så har du dem som hopper på akkurat når tiden er inne.

Det er ikke de som hopper på akkurat i tide som er de sterkeste – fordi utviklingen krever alle tre. Det er en samhandling. Akkurat som ved mutasjoner, så er det mange forskjellige muligheter som prøves ut, men bare noen få lykkes. De er avhengig av alt fra det gamle som springbrettet til det nye som variasjonene.

Når den lille hammerhaiungen i den ene siden av livmora spiser sine fire søsken så er den likevel avhengig av dem som næring og trening ...»

Igjen ble han avbrutt, men denne gangen med en direkte bønn fra den vakre massøsen om å snu seg samt og å holde kjeft sånn at hun kunne fortsette.

Han besinnte seg og sa ikke mer, lot henne avslutte seansen i stillhet.

Del M

Festen

«Noen ganger finnes rettferdigheten kun

i favnen til en tilgivende mor.»

Når morderen er stoppet og alle kan slappe mer eller mindre av, så er det tid for feiring og fest!

Bygningen, Månen, der hvor alle skulle samles i kveld til fest og moro var bygget som en halvmåne, resten av sirkelen formet en utescene hvor man midt i hadde en liten fontene. Helt på andre siden stod en minnestein over krigsofre som den første kokken Raol hadde stjålet med seg. Han hadde klaget ustyrtelig over det faktum at den person som skulle holde styr på navnene hadde vært en udugelig tølper og hadde uteglemt tre personer. Da stenen hadde fått en plass, hadde han selv risset inn de tre manglede navnene, nå var minnesteinen fullstendig.

Morgenen tegnet opp med nydelig vær både på og rundt øya. Naturen smilte. Det var duggperler som glinset på steinen og gresset.

Dette kom til å bli en fantastisk dag.

Ratana hadde fått en meget spesiell kontrakt med bandet Jungle Fever. Hun skulle være den promiskuøse dronningen til de fire andre. Ta dem etter tur, passe på at alle fikk, men bare en av gangen, akkurat sånn at de alle alltid ville utvise sitt beste på og utenfor scenen i håp om å få mer av henne.

Det var en formel som fungerte, det ble rett og slett suksess selv om hun sang alle sangene på hjemspråket. Tilhengerne digget henne, elsket sceneshowene og Arne koste seg med pengene og nye venner som kalte ham rett og slett genial. *Han var ikke lenger en drittsekk?*

Men for Ratana var det ikke noe liv. Selv om hun hadde streng beskjed om ikke å medele noen om hvordan opplegget virket, tok hun mot til seg og fortalte alt til de andre bandmedlemmene. De besluttet å fortsette som før, late som, til en sjanse bød seg.

Med tid og stunder gjorde den det, da de hadde fått et gjestespill på en liten festival så hadde også som et lykketreff paret Rudisag begjestet festivalen, tumlet seg slitne og svettende backstage etter deres konsert.

Planen var like enkel som den var simpel, de skulle hoppe av og bli «El punto del Sol»s eget husband. De skulle selvfølgelig spille inn en skive der, under et annet navn ellers ville Arne flå dem rettmessig. Etter seks måneder skulle de samles til råd om hvor veien skulle føre dem videre.

Marian har gledet seg som en liten prinsesse hele uken, denne dagen var den dagen hvor de, alle de som bodde der, skulle vise fram sitt beste til de andre utenfra, akkurat som hun hadde vært en gang: en fremmed.

Hun var i ekstase, sto opp tidlig og vandret rundt og luktet på de forskjellige blomstene, nøt duftene som lekte i vinden, lekte med hennes nese og gane. Forførte henne til noe deilig som det hele var et eventyr. Etter at hun var ferdig med de vanlige gjøremål, sanket hun sammen diverse råvarer og stakk på kjøkkenet. Hun skulle hjelpe Jose med maten.

Det var ikke som om noe av det hun gjorde var arbeid. Det var bare ro, nytelse og glede i sjelen. Hvor fantes denne roen i det livet hun levde utenfor? Det hun atter skulle reise tilbake til? Ville hun klare å bringe den med seg?

Det var mange som reagerte på det tidlige startstidspunket, allerede klokken 13.00, men siden dette var en såpass spesiell hendelse, så klarte de fleste å være på plass sånn noenlunde presis eller rundt halvannen time senere.

Joachim og Frøydis entret scenen og ønsket alle velkommen.

Joachim: Som dere alle vet, har dere blitt invitert til en aften i våres aller helligste, her på Månen møtes vi alle sammen, de som vil, selvfølgelig, hver eneste kveld for å dele deilig mat, men ikke minst: kunstneriske gleder, musikk, poesi, skriverier, malerier, film, ja, faktisk alt av kunst som deles kan. Ikke minst er det bra for inspirasjonen til oss andre og beriker sjelelivet vårt.

Det var under denne talen at Joachim gjerne ville si så meget mer, til å begynne med så holdt han taler i over en time, men etter mye kritikk så hadde han mot sin vilje kortet ned åpningstalen sin og i tillegg latt andre ta del i den. Litt dumt for Joachim, men mye mer virkningsfullt for publiken.

Frøydis: Denne plassen er skapt fra våre drømmer om å skape et felleskap, et pensjonat der kunstnere kan komme sammen, få et avbrekk fra den ellers så hektiske sivilisasjonen og finne ny inspirasjon både i arbeidet og i selve livet. Det kan også legges til at vi har stått bak en hel del produksjoner, da vi har det meste av utstyr til å støtte både trykking av bøker, filmer, musikkalbum og ikke minst andre typer kunst som bilder og keramikk.

Jose reiste seg opp fra bakom ved minnesteinen og kom fram. Jose var kjent for sine saftige kommentarer, glimt i øyet, et smil til enhver, godt humør og det faktum at han ikke var håndfast på noe annet språk en spansk, men han rotet fram ordene som best han kunne.

Jose: Vi må ikke glemme maten. Vi driver restaurant på høyt nivå. Vi er vegetarianske, men produserer ikke Bauker-mat, altså vegetariske retter som blir helt feil. Vi lager vegetarmat som smaker utsøkt. Alt vi serverer er en del av det lokale økosystemet. Det hender også at vi serverer kjøtt og fisk, men ikke ofte. I dag skal dere få smake noe av det flotteste vi kan lage.

Marian: Jeg er relativt ny her og assisterer ofte Jose med matlaginga. Jeg kan love dere at dere kommer til å få en opplevelse som dere sent glemmer. Lære at vegetarmat kan være full av smak, pirrende, noen ganger bedre enn mat med kjøtt eller fisk.

Jose: Så vil jeg si, jeg er her alene, mens familien min er hjemme i Mexico. Men husk det, om du er langt fra den eller dem du elsker, så betyr det ikke at du skal drive med andre, for selv om du være gift, du ikke glemme å runke.

Jose gjentok det siste sånn at gjestene skulle forstå, og da brøt det ut full latter. Dermed var festen åpnet og moroa kunne begynne.

Ingen ønsker å nevne noe om saken, om den trykte stemningen. Om frykten for at festen ikke ville bli noen fest. For nå er alt klappet og klart for å slippe seg løs i moroa.

Stedet serverte en lett lunch/forrett som falt alle i smak og etterpå gikk Jungle

Fever på scenen og spillte første del av dagens show.

Juliana hadde satt seg med en litt eldre herremann som var kjent som en merkelig og radikal skribent i mindre ansette kretser. Det var ikke noe small talk der, bare rett på sak.

- Problemet med det moderne kommersielle system er at
  det gjør alle avhengig av konstant flyt av penger. Vi må
  tjene penger hele tiden ellers faller vi av lasset.
- Ja, men det er jo bare å jobbe, det.
- Så lenge man har jobb, kan jobbe og har muligheten,
  er det ikke noe problem. Men i det øyeblikk man ikke
  har muligheten lenger, så faller man fra.
- Men samfunnet har jo sikkerhetsmekanismer for å ta vare på deg.
- Det kommer veldig av på hvor du er i verden. Selve problemet, dog,
  blir enda mer kritisk når man sikter til mennesker som tjener sitt
  daglige brød på ting som er feil og/eller rett og slett skadelig.
- Som?
- Ja, for eksempel hvis du er bonde som produserer tobakksblader
  eller opium. Om folk slutter å røyke, hvilket er en bra ting, så
  skaper det en veldig fattigdom for tobakksplantasjene.
- Ja, men de kan jo finne seg annet arbeid.
- Omstilling er mulig, men igjen det koster tid, penger, utskifting
  av utstyr, opplæring. Noe som man ikke har når pengene slutter å
  strømme til. Hadde de hatt fokus på naturhusholdning, så ville de klart
  seg likevel. Pengene, eller mangel på sånn, er deres sanne fiende og
  opprettholder hele kjeden fra opiumsbonden til heroinmisbrukeren.
- Jeg tror du legger feilen på et systematisk problem, jeg tror
  heller det er menneskene som i sin natur er destruktive.
- Jeg tror ikke det, dette moderne system, under kanskje den dårlige
  vitsen at den blir kalt moderne sivilisasjon med eiendomsrett,
  advokater, forsikringer, valuta, ja, selve grunnverdiene kommer alle
  fra et sted, Mesopotamia. Det er som en parasitt som går inn i oss
  mennesker og gjør oss til slaver av rikdom. Men det finnes andre
  metoder, andre måter, og ikke alle er dårlige eller fulle av fadese.
- Du mener at om parasitten fjernes, så blir menneskene gode?
  At de er naturlig gode, men glemmer seg selv i jaget?
- Ja, nå snakker vi.
- Vet ikke helt om jeg kjøper den, men ok, jeg skal
  tenke på det. Hva er det du drikker på der?
- Det er selve drikken over alle drikker, Mojito.
- Ahh, det vil jeg åsså ha.

Første økt av Jungle Fever var over. Andre forrett ble servert på bordene. De

174

som ønsket, kunne også nyte alkohol, og det var mange av dem.

Juliana fortsatte å snakke med herren, hun fant det underholdende å snakke med en som ikke gikk rundt grøten, men sa akkurat det han mente.

- Hva har du gjort med øret ditt?
- Ahh, det er ikke et skikkelig sår altså. Det er bare gjort
  til for å minne en stor kunstner, van Gogh.
- Ha ha, han som kuttet av seg øret? Er det noe
  å hedre da? Er ikke det bare teit?
- Først må du forstå hvorfor. Det var sånn at van Gogh hadde en
  malerkompis som het Gauguin som han over en tid overbeviste at
  de ville male bedre om de delte bolig en stund. Det var i denne
  tiden at begge personers malerier nådde selve høyden og vi andre kan
  bare gjette oss til hva slags fiksfakseri som foregikk mellom dem.
  - Du mener mer enn vennskap?
  - Hmmm. Men som med så mange andre som kommer hverandre
  for nært, ble det en del heftige krangler. Med slike
  eksentriske kunstnere, lik de som bor her, endte det med at
  Gauguin ville reise og van Gogh skar av seg øret i protest.
- Rimelig heftig, da. Hadde det nå enda vært over en fin pike som
  meg, da. Men selv da så er jo sånn oppførsel bare teit.
- Splittet som de ble, begynte van Gogh å panisk male solsikker, masse
  solsikker. Bortsett fra øret så er det alle solsikkene han er mest kjent for. Ikke
  vet jeg, men det er høyst sannsynlig at solsikkene representerer et traume i
  deres forhold. Gauguin på sin side var kanskje enda mer sinnssyk fordi han
  begynte å male heslige bilder hvor han selv deltok som Jesus.

  - Jesus kompleks er jo ikke noe nytt, da, bare tenk på Bono.
  - Joda, men det gjør ikke saken bedre. Til slutt reiste han til en sydhavsøy
  og innledet et hett elskovsforhold til en 13-årig innfødt jente.
- Den gamle grisen.
- De var vel gamle griser begge to.
- Hva skjedde så?
- Så er det ikke mer, denne historien har ingen egentlig slutt da selve
  poenget er begynnelsen, på høyden, der en del av øret blir skjært av.
- Poenget gir deg likevel ikke en plausibel grunn til å
  hedre dette med ditt eget skamferte øre?
- He he, du har gått glipp av det hele, du. Er det noe i
  denne historien som i det hele er plausibelt?
- Nei.
- Nettopp.

Juliana skjønte ikke bæret og tok seg nok en Mojito. Hun måtte få samtalen over på noe annet eller stikke vekk fra denne mannen.

Hovedrettene ble servert til mye glede for gjestene. Maten lekte med tungeløkene og alle bortsett fra Porno og Pervo likte det de så. Etterpå fikk Jungle Fever sjansen til å skrike unna andre runde av showet sitt, alt på Ratanas morsmål. Den siste sangen spilte hun en ekstra gang oversatt på norsk, noe som fikk publikken i ekstase.

- Lyst på litt kake?

Joachim har sneket seg opp bak Marian og hvisker det nærmest i øret hennes.

- Ha ha, det har jeg ikke prøvd siden den gangen du lurte i meg trippeldosen.

De ler begge av assosiasjonen av minnet.

- Så, fornøyd?
- Ja, angrer ikke på at jeg kom hit.
- Hm, jeg hadde alltid denne drømmen om å skape noe sånn som dette, men jeg var alltid redd for hvordan jeg skulle få det til uten at det ville falle sammen over menneskers sneverhet. Du vet, i det vanlige sivile liv er det utrolig vanskelig å leve som menneske, det er tusen ting man må beherske og ta seg av: Klesvask, mat, lån, forsikringer, innskudd, transport, trafikkregler, post, jobb, reglement på reglement, skatt, bolig, osv. i en uendelig strøm. Hvordan, i alt dette, skal man få tid til seg selv, tid til selve livet? Om man er i militæret er det annerledes, der skaper man et samfunn i samfunnet som dyrker fram den enkeltes funksjon, andre sørger for at du har mat, penger, bolig, klær og du kan konsentrere deg om din ting.
- Å drepe andre?
- He he, spørs litt på hva din funksjon er, da, men ikke nødvendigvis å drepe andre, kan like gjerne være å beskytte andre. Dette gjør militæret til en høyytelsesinstitusjon. Selv om det sikkert er en del som føler seg utilfreds over dette, har jeg prøvd å ta denne ideen med meg hit. Den at vi alle støtter opp om hverandre, konsentrer oss om vår greie og favner om hverandre så alle har det bra, og får tid til å leke, leve og kose seg.
- Ja, men til hvilken pris?
- Synes du det koster for mye?
- Nei og ja, hvorfor er det at det kun er du og Frøydis som blir på øya og alle andre må skiftes ut etter seks måneder?

Joachim ble målløs, hadde ikke noe svar. Det var faktisk første gangen noen hadde stilt ham til veggs med det spørsmålet og han visste at svaret var så latterlig egoistisk at han ønsket ikke å fortelle det. Marian fortsatte:

- Uansett hva det er, så er det sikkert noe teit, noe logisk, noe
  som du beskytter deg bak. Men har du først skapt noe så
  vakkert som dette her, så fortjener alle det, ikke bare du.
- Men, det er jo ikke bare meg her.
- Nei, men det er bare du som kan bli, alle andre bare kastes fram og tilbake,
  som det passer deg. Vet du, i denne verden driver dere menn å lager logikk,
  regler og styrer som dere tror og mener er best. Men logikk er et tveegget
  sverd, den kan brukes til å få den merkeligste ting til å høres riktig ut, selv
  om det er aldri så galt, derav det latinske ordtaket *summum jus summa
  injuria* . Verden har blitt veldig fattig på sunn fornuft, som er linket direkte
  opp mot visdom. Mens det finnes måleverdier på intelligens, og etter hvert
  også litt på emosjonell og sosial intelligens, har dere delvis ødelagt de
  systemer, nettopp i prosessen av å systematisere de. Det eneste stedet hvor
  visdom ennå måles aktivt er i rollespill og da også målt som et følelsesløst
  nummer. Deres logiske verden lekker som en sil, og det er vi kvinner, som
  følger hjertet, følelsene, som sitter imellom, barmfagre, og fanger opp
  dråpene. Vi bryter logikken og reglene, elsker dem som ikke fortjener det,
  hjelper der det trengs mest uten noen analyse av noe slag. Vi brekker trådene
  og redder hele fasaden av sivilisasjonen fra å falle sammen. Og vet du hva
  vi får i takk? Rydd huset, vask huset, vask klær, kok mat, sug kuk, for faen!

Joachim var fortsatt målløs. Etter en litt trykket pause beklager Marian seg.

- Sorry, jeg ble vel litt oppviglersk der, jeg er nok bare
  litt lei meg for at jeg skal reise hjem snart.
- Du som ikke ville reise bort fra mann og barn, du burde jo glede deg.
- Joda, men det livet der ute virker så underlig fjernt.
- Ditto, men du kan jo alltids ta med deg litt av den nye deg, det du har herfra
  med hjem, og så kan du alltids ta med deg hele familien hit på ferie, da.
- Kan jeg? Så snill du er. Takk skal du ha!

Marian gir Joachim en bjørneklem.

Erlend satte seg på stolen ved siden av det ensomme bordet hvor Hanne hadde
funnet plass. Han så strengt på Hanne som vred seg litt. Hun visste ikke hva
hun skulle tenke og si, hun hadde savnet ham, så skjedde det med morderen,
men likevel så kom han aldri tilbake til henne. Ble borte igjen – helt til nå. Der
satt han foran henne, henslengt, perfekt med dressen og slipset og var garantert
kveldens mest elegant kledde. Hun ønsket å holde rundt ham, ta på ham, kjenne
ham nær seg. Men de stikkende øynene på henne, hun klarte ikke se tilbake,

men stirret ned i bakken. Hun var redd, visste ikke hva som kom.

- Hvorfor sa du det bare ikke som det var?
- Hva?
- Ja, det da hadde vi jo sluppet alt dette tullet.
- Du mener?
- Jeg snakket med Porno og Pervo, de fortalte meg alt.
- *Alt*?
- Ja, at de hadde prøvd alle triksa på deg for å få seg litt, inkludert å skjenke
  deg snydens. Men du hadde tappert holdt deg unna, vist null interesse.

Hanne var helt overrasket. Til begynne med skjønte hun ingenting, men
så gikk sannheten opp for henne. Porno og Pervo hadde servert en hvit
løgn i håp om å hjelpe henne med å bevare det spesielle, sårbare som hun
og Erlend eide sammen. Hun snudde hodet mot guttene. Erlend gjorde
det samme. Hun så dem raskt begge direkte inn i øyehulene og lot et
stille «takk» fare fra iris til iris, før hun vendte seg mot Erlend igjen.

- Men Erlend, jeg var redd for at du ikke ville forstå, ikke ville tro på meg.
- Men Hanne, da. Jeg stoler på deg og du kan stole på meg.
  La oss for alltid være ærlige mot hverandre, ok?
- Ok.

Det var plutselig veldig så lite lyst de hadde til å sitte der på festen, mer
lyst til å omfavne hverandre i private omstendigheter i hytta der nede.

Porno og Pervo var tydelig misfornøyde med maten, men de hadde øynet håp
i en av setningene til Jose og sneik seg bak på kjøkkenet. Der fant de Jose
hvilende på en krakk ved kjøkkeninngangen.

- Bra sagt det der med å runke. Mårrabrødet trenger hjelp noen ganger.
- Mårrabrød?
- Ja, du vet.

Porno og Pervo pekte ned til sine lem.

- Aaah, mårrabrød. Ha ha.
- Vi trenger en tjeneste fra deg.
- Ja?
- Vi har en spesialrett som vi vil at du skal lage for oss?
- Kjøtt?
- Jepp.

- Kan ikke gjøre det.
- Kom igjen, da, jeg lover deg at du kommer til å like det.
- Hva det er?
- Bjørn-Inge-burger. Du tar og lager en hamburger av beste
  storfekjøtt som er iblandet litt hakket løk og paprika.
- Vi har.
- Salaten må dekkes med chefs dressing.
- Ha ikke, vi kan bruke min egen dressing.
- Det er uten tvil at det skal være skikkelig hamburgerbrød
  av beste kvalitet, ørlite sprøtt, men ikke for mye.
- Vi kan ordne.
- Det hele toppes med nydelig bacon, herlig ost og ferske ananasbiter.
- Jeg vet ikke om vi har ananas og bacon, la meg sjekke.

Jose forsvant ned i kjøkkenkjelleren, romsterte og lagde tvilsomme lyder. Til slutt hadde han funnet alt han trengte. Noe improvisasjon behøvdes. Ikke lenge etter satt de alle tre og nøt tre store og deilige Bjørn-Inge-burgere.

- Selv om jeg være vegetarianer, jeg ikke gå glipp av jævlig god burger.

På dette tidspunkt var det minst en person som ikke hadde rotet seg til Månen. Hun satt inne i hytta si og lurte på om det var noe vits. Hun visste så altfor godt at selv om hun la alt på ham, var det til slutt hun som ble den skyldige i alt. Hun sto foran speilet og prøvde forskjellige klær og sminke, men ingenting ga henne noen mening da hun blir avbrutt av heftig banking på døren.

Det var ham.

- GÅ!

Hun roper det håpløst, avvisene.

- Jeg tok feil.
- VÆR SÅ SNILL OG GÅ!

Men han ville ikke gå, ikke *nå*.

- Karianne, vær så snill og hør på meg. Jeg tok feil. Jeg …
- Hvorfor plager du meg med dette?
- Jeg beklager at jeg ikke sluttet å røyke. Jeg forstår at det er viktig
  for deg. Når det er viktig for deg, så er det viktig for meg.
- !!!
- Men jeg beklager også, at i all den tiden vi har vært sammen så har jeg
  oppført meg som en tosk. En sjarlatan, som ikke har skjønt hvor skjørt og

179

fint det vi har sammen er. Jeg har stengt deg ute fra mitt mest private, der hvor det gjør så uendelig vondt i meg, hvor jeg er så ensom og alene. Hvor jeg alltid trodde at du ikke ønsket å komme, at du heller ville kaste meg ut av meg mitt liv, men så er det på grunn av dette at du faktisk sender meg på dør.

Hun snufset nå, ville bare åpne og slippe ham inn. Ble så glad inne i seg for ordene. Problemet var at alt var for sent, så altfor sent. Hvordan hun skulle få sagt det, ante hun ikke, kanskje det rett og slett ikke var mulig? Hun stod midt på en hengebro hvor på den ene siden alt mellom dem var fortapt, det var mørket. På den andre siden var den nye sjansen, håpet. Det var sterk vind og hengebroen vaiet og svaiet så hun klarte knapt å holde balansen.

- Ja, men det er for sent nå.
- Karianne, IKKE SI AT DET ER FOR SENT. Du skjønner ikke, jeg forstår nå, Karianne. Det er ikke bare slutte å røyke jeg vil. Jeg vil dele livet, resten av livet med deg. Jeg vil gifte meg med deg.

Ønsket om å fjerne den fysiske hindringen mellom dem var sugende sterk. Men fantes det håp om å gjøre det som hadde passert ugjort? Reparere? Det var jo bare en natt, med en fremmed, Kenneth visste jo ingenting om det, trengte aldri å få vite det. Hun kunne bære det bare inni seg, stenge det bort. Kanskje det fantes en sjanse. Hun kjente at noe tok tak og kastet henne av hengebroen, opp i luften. Hun falt pladask.

Døren gikk opp, hun slengte seg i hans armer. Han kysset tårene hennes tørre. Det var på tide å dra på fest, men først: litt oppvarming.

Hun badet i håpet.

Når desserten var servert, så stakk ei lita jente med navn Gunn på scenen. Hun annonserte at hun skulle lese et dikt fra sin siste samling:

«**Natt**
Det var en av de nettene,
hvor jeg vred meg,
endeløst.

Mørke uten ro,
som virrer rundt meg,
uten bunn.

Morkne poteter som glir,
langs gulvet,
flekker av lys.

Snart er det morgen.»

Det var nok ikke alle av publikum som skjønte det hele, men likevel, nærheten, det intime fikk dem alle til å klappe ut.

Helga tok mot til seg og satt seg ved siden av Marian. Hun hadde gått rundt de siste dagene konstant våt og kåt og tenkt, drømt, levd igjennom det som nå skulle til å skje. Men hun ante ikke hvordan hun skulle komme dit. Hva hun skulle gjøre nå.

Hun trengte ikke lure lenge. Marian tok hånden hennes, smilte og spurte om hun vil være med en tur. Så enkelt og så deilig. Hun dånte nesten konstant på veien bare av forventninger.

Fra nå av var alt som hendte, oppfyllelsen av en drøm som hun konstant hadde bært på, levd i til nå, forskjellen var at nå var det ekte. Det utfoldtes faktisk i virkelige hendelser, hvert eneste åndedrag, berøring og sitring øktes eksponent til et ultimat klimaks hinsides de begrensninger som finnes i fysiske tid og rom.

Leppene hennes hadde grundig gjennomsøkt hver minste skrukke av hennes kropp i jakten etter et ukysset sted – men det fantes ikke lenger.

Dønningene, svetten, ømheten og alt det som menn så lett går glipp av, alt pulserte – til den mest fantastiske perfeksjon.

De var begge Gudinnen.

Hanne så på sin deilige kavaler. Hun hadde tatt mot til seg til å spørre:

- Hvorfor vil du ikke ligge med meg?

Erlend hikstet litt forskrekket.

- Hvor får du den ideen fra?
- Du prøver jo ikke akkurat, da.
- Har du forsøkt?
- Nei, men du er jo mann, det er din jobb.
- Har du lyst?

181

- Ja!
- Så hvorfor prøver du ikke? Sier du at du er så lost i
  kjønnsroller at du ikke gjør det av den grunn?
- Nei, men … du har jo ikke lyst …
- Jeg har jo lyst.
- Men hvorfor gjør vi det ikke?
- Fordi jeg vil at det skal være ekte, riktig. Ikke bare en av de mange, ikke
  stutt og møkkete. Men ekte, med pasjon, følelser, begjær og kjærleik.
- Ååå, Erlend. Etter festen, i natt, da skal vi. Men ikke på hytta.
- Ikke her …
- … men på toppen av fjellet.
- Yes, baby.

Birger hadde satt seg med Lotte og Lotta og prøvde som best han kunne å
sjekke dem opp. Jentene var i forbløffende godt humør og praten gikk rundt
Jungle Fever og sangene. Selv om Birger innerst inne skjønte at det ikke førte
noe sted, så helte han i seg flere øl og innbilte seg at i natt hadde han sjansen.

Kenneth ergret seg umåtelig da han fikk øye på Aslak. Han hadde ikke lagt
merke til at han var her på øya tidligere. Innbitt visste han at han burde ha
visst det på forhånd og i det minste funnet det ut i løpet av uka. Hva slags
familiemann var han egentlig? Hva slags etterforsker var han som ikke fikk
med seg dette? Han var usikker på om han skulle introdusere Karianne, men
gjorde det uansett siden de nå skulle være nærmere hverandre.

Han ante jo ikke at de hadde møttes tidligere. Hjertet hennes hoppet og stoppet
opp. Da hun fikk vite at de var brødre, var det som om kroppen hennes mistet
all vilje og krefter og hun var i ferd med atter å synke sammen, livløs på gulvet.
Hun befant seg atter midt på hengebrua og vinden hadde øket i styrke.

Han kan aldri få vite.

Aslak viste ingen mine til gjenkjennelse, han virket faktisk litt kald. Hennes
intuisjon snakket til henne og hun skjønte at dette var brødre med historie,
problemer og kanskje til og med et lite jernteppe. Ved en kraftanstrengelse
karret hun seg framover på hengebrua, tilbake til håpet.

Hun klarte å holde seg oppreist, hilste pent som seg hør og bør. Deretter hadde
ikke de to karene mer å snakke om og hun var reddet av at Kenneth tok henne
med bort igjen til deres lille bord. Begge pustet lettet ut.

Tiden var kommet for at DJ Oracle skulle spille sin nyeste låt for første gang med publikum til stede. Scenen til Månen var ikke bare et talerør for inspirasjon, men også et medium for tilbakemeldinger og kritikk.

Hun startet opp på scenen, alene med en akustisk gitar. Tungelydene brøt intenst småpratinga rundt omkring, og alle ble med ett opptatt av hennes tvetydige skjønnhet.

«**Questions:**
Can it be?

Can it be,
that someone is looking for me,
out there in the cold.»

Rommet ble med ett badet i lys, rytmer og elektroniske komp og lead-instrumenter. Hun hadde allerede reist seg, lagt fra seg gitaren. Kjolen hennes blafret i en kunstig vind mens hun hylte videre, denne gangen i mikrofonen.

«Can it be?

Can it be,
that stars are shining for me,
all night long?

Sometimes,
these questions,
haunting me till dawn.

Does it seem?

Does it seem,
like someone is,
following me,
hunting me down?

Does it seem?

Does it seem,
like someone can save me from him,
before he reaches his goal?

Sometimes,
these questions,
haunting me till dawn.

Can it be?

Can it be,
that someone is looking for me,
out there in the cold.

Can it be?

Can it be,
that stars are shining for me,
all night long?

Sometimes,
these questions,
haunting me right now.»

Samtlige var bergtatt og så stoppet det hele opp og det var helt mørkt på Månen. Men en annen måne der oppe lyste lunefullt på de håpefulle. Bare belyst av en flunkende presis spotlight satt hun igjen med gitaren i hånden og avsluttet nydelig sårbart:

«What is the purpose of…?
and where will I go…?»

Det var en underlig stillhet blant alle som ikke kom av annet enn den tiden det tok å fatte hva som faktisk nettopp hendte. Noe stort. Som preludium til den uforbeholdne applausen.

Etterpå entret Junge Fever scenen igjen og det var fri dans for alle. Alle som ville, eller ikke ville.

Porno og Pervo gikk fram til DJ Oracle. Pervo tok fram hånden og sa

- Hei, jeg heter Per, Per Vo.

DJ Oracle tok imot hånden, gne den godt.

- Unnskyld, men jeg har nettopp fingra meg.
- Hæ?

184

Begge guttene rykket raskt tilbake. DJ Oracle slapp ikke taket.

- Dere er Porno og Pervo, right?
- Åssen visste du?
- I visse kretser er dere jo ganske kjente. Men dere kan bare
  glemme det. Jeg er ikke interessert i å ligge med dere.
- Hvorfor tror du det?
- He he, bare glem det. Fønker ikke på meg. Men det er noe annet som kan
  være spennende. Kom bli med meg så skal jeg vise dere lydstudioet her.

Hun ledet dem ut fra Månen og tok dem med vestover til et merkelig hus som gikk under navnet Hestehoven og var formet i sådan stil. DJ Oracle forklarte at det var for å promotere hell og lykke for musikkartistene.

Inne i Hestehoven fikk de guidet rundtur i alt lydutstyret. Guttene ble vasne i øynene av alle de herlige instrumentene og gadgetene. Dette var high class.

- Røyker dere?
- Nei.
- Jeg mener *røyker* dere? Bønner?
- Nei, vi driver ikke med sånt.
- Ok, dere har vel ikke noe imot om jeg tar meg litt?
- Deg om det.

I en lett hasjrus fortsatte DJ Oracle samtalen.

DJ Oracle: Jeg har jo lest litt av tegneseriene deres. Men hva om vi lagde en theme-sang om dere. Ja, dere har vel ikke en allerede?

Porno: Vel, vi har planlagt å få lagd film, åsså da. Da skal vi bruke «Dance of the dream man» i selve sexlekene. Men vi kunne vel også trenge en theme bare for oss to.

Pervo: Den måtte bli litt rå og rocka sånn som Raga Rockers' «Noen å hate». Mye trøkk og tøff tekst.

Porno: Og så må vi ha inspirasjon fra basslinja i Terry's.

DJ Oracle: Terry's?

Guttene forklarte henne om det fantastiske C64-spillet og nynnet melodien for henne.

DJ Oracle: Kult, jeg har en ide om hva vi trenger. Jeg tenker at dere må være med på sangen for at det skal bli skikkelig autentisk og så må vi sitte ned litt og jobbe med teksten så vel som selve melodien. Skal vi like gjerne begynne?

Porno og Pervo: Yes.

- Jeg skjønner meg ikke på gutter.
- Hva er det å skjønne? De er som små barn og må behandles deretter.

Svette, utmattede og glade lo de begge to.

- Du mener, hvordan de alltid bare er opptatt av en enkel ting og tror det er det viktigste av alt? Hvordan deres konsentrasjon lett kan vippes av pinnen til noe nytt, bare du legger ut litt *gulrøtter* til dem?
- Ja, og alt det andre, hvordan de fort blir hjelpeløse som lam bare ved det minste problem.

Latteren fortsatte og de valgte stilltiende å ikke diskutere den saken mer.

Mot normalt så satt Juliana fortsatt og småpratet med den litt eldre herremannen mens de begge satt og pimpet på hver sin utsøkte lumumba, brandy og varm sjokolademelk.

- Visste du at i USA så tror over 40% på Bibelen fremfor vitenskapen.
- Ha, ja, særlig.
- Ja faktisk, de tror faktisk at verden ble skapt på sju dager, bokstavelig talt, akkurat som det står og at verden er yngre enn vitenskapen har bevist at bare jorden er.
- Det er jo helt vilt.
- Du synes jo det bare fordi din autoritet, altså vitenskapen, gjør det åpenbart at det er feil. Men for disse menneskene, mange millioner mennesker er Bibelen den samme autoritet og de vil bare le av deg om du påstår noe annet.
- Hvordan i pokker skal verdens sivilisasjon utvikle seg om så mange mennesker rent intellektuelt befinner seg på apestadiet?
- Spørsmålet er riktig, men også litt på kanten, det spørs hvem som definerer hva apestadiet er og hvilken autoritet som bestemmer hva som er riktig og galt.
- Sannheten, vel, man kan ikke leve i en verden full av løgn. En løgn som irriterer meg meget er dobbeltløgnen om at man må utnytte andre for å ha det bra, og at opprettholdelsen av næringskjedetrekanten, utnyttelsen er nødvendig for å ha det bra.

- Fortell mer.

Hun forteller frenetisk mens de slukker frustrasjonene i adskillige lumumba.

Dansen på Månen gikk for seg som hør og bør på en skikkelig fest av dimensjoner. Til avslutning når alle var gode, romantiske, beruset og på vei i forskjellige typer drømmeland spilte Jungle Fever, sin egen ville versjon av Bolero med ville kambodsjanske hyl og skrik.

«Det er altfor utbredt å blande alderdom og åpne livssår, hel

dine sår og du kjenner din sanne alder.»

Hver morgen når hun våknet, pleide hun å liste seg ut av sengen, så han ikke hørte henne og tusle ned til arbeidsrommet hans. Hun brukte det litt på lån og åpnet den lille boka si, en drømmebok, hvor hun nedtegnet alle drømmene hun kunne huske. Hun skrev også ned erfaringer om ting hun opplevede og tenkte på når hun satt der våken. Ofte var det vanskelig å huske drømmene, eller å huske nok detaljer. Men hun ble stadig bedre til å huske, dessuten hjalp spørsmål som «Hva tenkte jeg der og da?» «Hva følte jeg der og da?» Prøve å forklare logiske glipper eller rare reaksjoner i drømmene. Det føltes ofte litt som å befinne seg midt i et krimmysterium, luke rundt i drømmen for å tolke den, finne ut hva den betydde.

Den vanligste kategorien av drømmer hun hadde var tydelige, hverdagslige, hvor hun jobbet med alt det trivielle som hendte i hennes liv. Noen ganger inngikk også hendelser som skjedde i kort tid etter at hun drømte dem innenfor denne kategorien.

Hun trodde at det var kroppens måte å jobbe med ting som har skjedd, hendte eller kom til å hende i det nærmeste framtid. Noen ganger var det som om de hjalp henne med å avreagere eller forberede seg på kommende utfordringer.

Noen ganger fikk hun drømmer av en helt annen karakter, da var det som hun leviterte i et åndelig lys og hun så seg selv om en del av altet. Denne natten hadde hun hatt en slik drøm. Bokstaver fortonet seg som på en holografisk reklameplakat fra filmen Bladerunner, ord som fortsatt var helt klare i minnet hennes mens hun skrev dem ned:

«Den åndelige sjel, selve lyset, stråler fritt igjennom meg. Den inspirerer mine tanker, regenererer min kropp, viser meg kreative ideer, leder meg til de riktige valg, og som i full harmoni arrangerer alle hendelser. Alle aspekter av mitt liv er nå i åndelig orden.»

Del M

Epilog

«Det finnes ikke noe mer alvorlig i livet

enn det å ikke ta seg selv alvorlig.»

Aslak hadde regnet med en natt med heftig og vill sex, men istedenfor ble det atter en flåtekamp. De hadde kranglet. Randi sa det rett ut, hun kunne ikke bli, hun ville reise avsted med ferjen i morgen. Verst av alt, hun ville heller ikke hedre deres siste natt med annet enn å vugge håpløst i flåten av en madrass. Han med hendene hvilende på henne, men bare for ikke å falle i vannet.

Han med en vedvarende ereksjon som slo iltert, som en rotor uten ror, og varte hele natten. Ikke noe søvn å få på tross av all alkoholen han hadde kylt i seg. Han ønsket bare å bli forløst, vurderte sterkt å stikke på toalettet å nappe litt.

Tanker som surret i hodet hans, som ikke lot ham få fred. Hva var det med Kenneth og det som tydeligvis var hans dame? Den samme kvinnen som han hadde funnet i mørket, alene, i natten da han var desperat, omtrent som nå. Livet var så underlig rart. Han holdt seg fra å gå på toalettet, han ønsket ikke at *desperasjonen* skulle gripe inn i livet hans nok en gang. Man skal jo ikke ligge med dama til bror sin, uansett om man visste det eller ikke.

Om morgenen fikk han en hjelpende hånd som forløste ham. Så reiste hun seg opp og kysset ham på pannen.

- Aslaken min, nå skal jeg stikke, men ikke ta det på din kappe.
- Men, kan du ikke bli?
- Glem det, Aslak. Det er ikke din skyld. Jeg har hatt det fint her, men
  denne verden, den er ikke min. Den er fin, herlig som en drøm. Men jeg

trenger verden der ute, den vanlige sivilisasjonen, maset og bråket.

- Hvorfor? Du rømmer ikke bare fra noe, eller til noe?
- Jo, det kan godt hende, jeg rømmer fra deg. Fra dette. Fra noe annet. Men uansett, jeg kommer ikke til å endre mening.

Hun reiste seg opp og pakket og forlot ham med et lite vink. Han lå der i klisset sitt og døset av. Han forstod ingenting. Forstod seg så underlig lite på jenter. «Kvinnfolk!», tenkte han.

Da ferja hadde lagt fra og det bruset godt i havflaten, åpnet Birger døra til Lotte og Lottas kahytt. Lotte og Lotta snakket synkront som om de var en person.

- Hei, jenter.
- Vi trodde at du hadde skjønt at du ikke har sjans på oss.

Birger ignorerte advarselen og satt seg nonsjalant ned mellom jentene.

- Jeg er her for å fortelle en historie.
- Ja, akkurat som det hjelper.
- Det er en historie om Anne Bostrup.

Det ble med ett en helt annen stemning i kahytten, et underlig trykk.

- Hva med henne?
- Ja, hun hadde to elskere. Menn som begge ønsket og kjempet om hennes gunst. Av grunner som jeg ikke aner, ikke kan forstå, fikk disse to menn denne merkelig innskytelse at de alle tre kunne leve sammen som et par om de bare kvittet seg med sin mannlighet. Ikke noe med templer og tidsmaskiner, men rett og slett kjønn.
- Hva mener du?
- Disse to herrer dro ut av landet, langt av sted til en klinikk som utførte fullstendig kjønnsskifteoperasjon. Ikke bare kjønnet der nede, men hormonskifte, plastisk kirurgi. Herregud, hele pakka. Ja, faktisk også ulovlig skifte av identitet.

Lise og Lotta hadde reist seg og stod nå og voktet døra. Det var tydelig at Birger ikke skulle slippe ut igjen.

- Hva har dette å gjøre med oss?
- Vel, så kom de tilbake etter ett år? Eller hvem vet hvor lenge det tar å bli jente når man har vært mann? Her på ferja for å feire. Anne ble fra seg, hun skjønte galskapen og perversiteten i hva dere hadde

funnet på. Hun skrek, gren og bar seg. I et øyeblikk av skuffelse, på grunn av avvisningen, man blir ikke bare avvist etter sådan affeksjon, grep dere sammen situasjonen og kvelte henne ut av dette livet. Enkelt hva? Nye identiteter, borte i lang tid. Ingen spor.
- Ja, og du blir også eliminert.

Birger reiste seg resolutt, han viste ingen tegn til frykt.

- Mine damer, ingen grunn til å drepe igjen. Jeg har ingen planer om å få dere til domstolen. For alt de andre vet så er Annes morder allerede syv fot under, eller akkurat nå på denne båten kanskje noe mer enn syv fot.
- Du vil vel si hva som helst for å slippe unna akkurat nå.
- Nei, men dere har allerede oppnådd straffen. Dere er fanget i noe dere ikke skal være, som jenter, noe sexy, skal innrømme det, men totalt uten den dere ønsker å være sammen med, dere utstår ikke engang hverandre, dere er bitre rivaler. Perverse svin som er fanget i deres egen tilværelse. Det går ikke en dag, en time, et øyeblikk uten at dere minnes deres egen skam. Låst i den som dere er.

Lotte og Lotta gjorde plass for at Birger skulle passere. Da han stod i døren fortsatte han.

- Det er dog noe jeg vil straffe dere for.
- Hva faen?
- Ja, dere fikk meg til å gå rundt i en hel uke å være kåt på, ha lyst til å pule noe som i bunn og grunn er gutter.
- Fortvila nå?
- Nei, men jeg har et behov for å straffe dere litt. Deres nye identitet som har opphavet der langt borte i ulovligheta, vil miste all oppholdstillatelse i dette landet. Dere må med andre ord leve straffa deres et annet sted. Dette, mine kjære gutter, er hva som refereres til som «The Birger Effect». Adieu.

Karianne slo til Kenneth i bakhodet. «Din tosk», anklaget hun ham. Han snudde seg overrasket. Hva var nå dette? Skulle de igjennom nok en krangel? Hadde han ikke gjort nok? Han skulle til å svare brydd, men blikket latteren i øynene hennes, «Hva har jeg gjort nå?»

Hun lo mot han, gne kroppen sin opptil ham, klarte ikke å holde seg sint, «Du har satt på en bolle i ovnen». De smilte begge. Han svarte litt frekt, «Aaah, det er derfor du har vært så vanskelig i det siste.»

Hun la en anklagende mine i stemmen «Du synes det ikke var upassende?»

«Jo, det var ganske riktig. Nå skal vi bli en skikkelig familie.» De holdt rundt hverandre og danset i ring. «Hva med Birger? Driver han fortsatt og henger etter de blonde pikene?» Han gestikulerte en pyramide med hendene, «Det var bare en engangsgreie.»

Hun løftet en pekefinger i luften, «Dere mannfolk, ass. Tenker bare på en ting.» Han svarte nonsjalant, «Akkurat som enhjørninger.»

Hun vred seg fra side til side. Våknet brått fra en døsig drøm og stirret rett på Joachim som hadde gjort klart til frokost på senga. Det var en tradisjon som var ukjent for henne i tiden før sin mann, men det var lenge siden at han har gjort det, *altfor lenge siden.*

Det var toast, egg, ost, salat, syltetøy, melk, juice, stekte kaktusbiter og te. Det eneste som manglet var bacon. Smulene rant over senga mens de gnafset i seg det enkle, men søte måltidet.

- Frøydis. Jeg tok feil.
- Om hva?
- I alle disse årene så trodde jeg at dette var drømmen min. Men så
  var det bare et traume fra barndomsdagene. Da jeg var liten så
  bodde jeg i mange kollektiv, som hadde den fellesnevneren at de
  alle gikk i oppløsning. Hele denne plassen har vært min terapi, mitt
  bevis på at det er mulig. Men det er ikke dette jeg drømmer om.
- Nei, dette er drømmen til alle de andre. Du har virkeliggjort
  drømmene til utallige andre, det i seg selv er ganske stort.
- Ja, men til hvilken pris? Oss?
- Ja.

Han syntes at det var smertelig å innrømme det, innse at han har fulgt noe i alle disse årene som egentlig var feil.

- Du visste det hele tiden, du …
- Ja.
- Hvorfor stoppet du meg ikke?
- Du hadde garantert ikke ønsket å bli stoppet.
- Så du, *dere,* holdt ut med meg i alle disse årene?
- Jeg elsker deg, guttebassen, det finnes langt verre ting du kunne ha drevet
  med. Det som har kostet oss litt slit, har hjulpet så mange andre.
- Ja, men jeg trenger ikke gjøre det mer. Trenger ikke kontrollere hver
  minste detalj, være min egen diktator. Så ... Hva gjør vi nu?
- Det vi kan best.

- Meg og du, ungene, lever drømmelivet sammen.
- Elsker som kaniner og tar en dag av gangen.

Hun lot den høyre pekefingeren hans treffe henne i pannen og strøk langsomt nedover nesen, leppene, halsen, mellom brystene, magen, rundt navlen og ned til der hvor det var i ferd med å bli så underlig varmt.

Elskede Ånd.

I bruddstykkene til en ukjent verden.

Igjennom solstrålene,

vinden,

blomstrende liv i hagen.

En gyllen, sammenbundet hermafrodittstatue,

yin og yang i mer enn harmoni.

Rens og forny oss,

trollbunnet av skjønnheten.

Helbreder våre kropper, hjerter og sjeler,

som om vi er på begge sider av speilet.

Noen ord fra forfatteren:

Det er noe trist over det å ha kommet til slutten av serien. Heldigvis er enhver finale: begynnelsen på noe nytt. Denne serien har blitt skrevet på en sådan underfundig måte at den skal leses flere ganger – optimalt tre ganger. Så om du fortsatt er på første eller andre runde, vet du hvor du skal begynne.

Selv om det gjerne står et navn på omslaget, er det mange mennesker bak en bok, også for en liten produksjon som dette. Jeg ville aldri ha klart det uten den støtte andre har gitt meg hele veien. Det stopper ikke der. Selv om bøkene mine finnes hos alle de store, så har jeg ikke det store PR- og distribusjonsapparatet rundt meg. Om du bruker litt av din tid, om du liker bøkene eller ikke, på å spre ordet videre, gjerne til venner eller på Internett, så har det mye å si for meg.

På mange måter føler jeg meg privilegert som har fått lov til å være med på og drive dette eventyret. Det er det ikke alle som får eller har sjansen. Jeg vil foreslå, for deg å støtte om kreativiteten i nærmiljøet. For hver Metallica finnes det 1000 små band som alle har en drøm og noe å si.

Glem aldri at selv om fantasien er vidunderlig, er virkeligheten alltid et skritt foran, den er hva vi gjør den til, enten grusommere eller mer fantastisk enn fiksjon noen sinne vil være.

Jeg setter også pris på tilbakemeldinger, kontakt meg gjerne på e-post don_chand@chasvag.com.

Med vennlig hilsen
Chand Svare Ghei

Du har nettopp lest fjerde bok i Chand Svare Gheis fortellingstetralogi:

Bok 1
Nesten som magi
Introduksjonen til et fiktivt univers nærmest som vårt, men med merkelige og uventede forskjeller. På vår reise inn i historier som snegler seg mellom steder, mennesker og genrer er vi aldri trygge på hva som er virkelighet og hva som er fantasi.

Bok 2
Mørket – Håpet
Denne gangen foregår reisen på et dypere, personlig plan, individets kamp om tilværelsen. Personene vi møter, opplever sitt livs verste krise, ofte i situasjoner tilsynelatende uten utvei.

Bok 3
Regnbuepyttene
Når man noen ganger må gi slipp, gi opp, er det faktisk der i brytningpunktet at man kommer til selve begynnelsen.

Bok 4
Idyll
Reisen er ved veis ende. Hendelser som vi har vært vitne til i de tre foregående bøkene, er i ferd med å kulminere med et samlet persongalleri som på underlig vis har strandet opp på en øy, plaget av et mordmysterium som sårt skriker etter oppklaring.

Andre verker av Chand Svare Ghei:

Myra skule: 150 år 1998
Bidragsyter.

Lost, alone and all alone
Engelsk novelle, som en del av fiksjonen til spillet Elite: Dangerous, gratis tilgjengelig på Internett.

De stormfulle netter
Uredigert novellesamling fra de yngre år, gratis tilgjengelig på Internett.

www.chasvag.com

Om forfatteren:

Chand Svare Ghei (1976) er en av NATOs ledende

 ingeniører innen IT- og telekommunikasjon. Han har et bredt erfaringsgrunnlag både fra Norge og utlandet. Han har tjenestegjort blant annet i Afghanistan, Bosnia og Kosovo. Det er fra virkeligheten han finner inspirasjon til sine bøker fordi han mener at det er i våre egne liv at de beste fortellingene skapes.

Allerede i tidlig alder introduserte hans mor ham til bøkenes verden. I en alder av 13 år ga han seg på oppgaven å skrive sin første trilogi, noe som endte i knall og fall. Istedenfor brukte han tiden flittig til å skrive adskillige småhistorier. I 1996 ble det bråstopp da han gikk inn i førstegangstjenesten. Ikke før en vakker dag i 2004, på tur i noen av verdens mest romantiske plasser, besluttet han at barndomsdrømmen skulle fullbyrdes.

www.chasvag.com

www.ingramcontent.com/pod-product-compliance
Lightning Source LLC
Chambersburg PA
CBHW031110260626
47172CB00001B/299